rotfuchs Klassiker

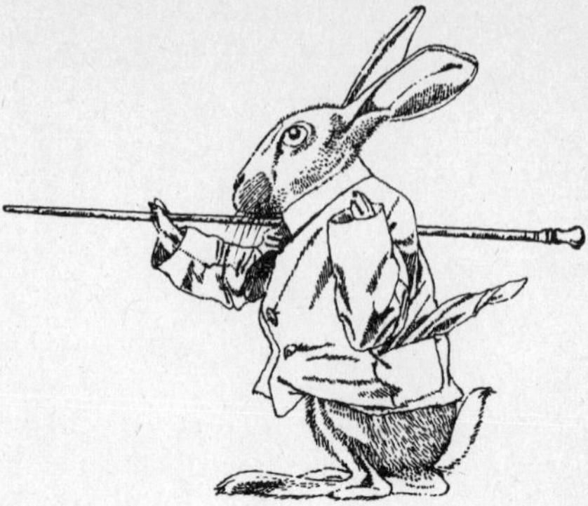

Lewis Carroll

Alice im Wunderland

Mit Bildern von Klaus Ensikat
und einem Nachwort von Dieter E. Zimmer

Deutsch von Siv Bublitz

Rowohlt

rororo rotfuchs
Herausgegeben von Ute Blaich und Renate Boldt

13.–15. Tausend 1996

Veröffentlicht im Rowohlt Taschenbuch Verlag GmbH,
Reinbek bei Hamburg, November 1993
Copyright © 1993 by Rowohlt Taschenbuch Verlag GmbH,
Reinbek bei Hamburg
Redaktion Ute Blaich
Umschlaggestaltung Nina Rothfos
Umschlagillustration Klaus Ensikat
Alle Rechte vorbehalten
Satz Iridium (Linotronic 500)
Gesamtherstellung Clausen & Bosse, Leck
Printed in Germany
890-ISBN 3 499 20733 8

Inhalt

Den lieben langen Nachmittag
  gleiten wir faul dahin,
weil kleine Arme, ungeschickt,
  an beiden Rudern ziehn
und kleine Hände um den Kurs
  vergeblich sich bemühn.

Ihr schlimmen drei! Zu solcher Stunde,
  in träumerischer Schwüle,
Geschichten soll ich euch erzählen,
  ganz gleich, wie ich mich fühle.
Doch ohne Mitleid drängt und plagt
  ein dreifach fester Wille.

Fang an! sagt Prima hoheitsvoll.
  Secunda bleibt gelassen:
«Ein bißchen albern muß es sein,
  es soll ja zu uns passen!»
Selbst Tertia unterbricht mich nicht –
  das ist ja kaum zu fassen!

Auf einmal sitzen alle drei
  mit staunendem Gesicht
und folgen mir ins Wunderland,
  wo man mit Tieren spricht.
Sie wissen, Märchen sind nur Schein,
  und zweifeln dennoch nicht.

Stundenlang hatt' ich erzählt,
   es fiel mir langsam schwer.
«Für heute reicht's, es ist genug,
   beim nächsten Mal dann mehr!»
Doch kein Pardon: «Nein, bitte jetzt!
   Wir wünschen's uns so sehr!»

Die Wunderland-Geschichte wuchs
   ganz langsam, Stück für Stück,
doch alle Fabeln sind mal aus,
   und dann ist Schluß, zum Glück.
So packen wir die Sachen ein
   und rudern froh zurück.

Alice! Dies Märchen ist für dich,
   nimm es mit sanfter Hand.
Bewahr es bei den Träumen auf,
   die du als Kind gekannt,
als wär's ein welker Pilgerstrauß,
   gepflückt in fernem Land.

1

Hinein ins Kaninchenloch

Alice langweilte sich allmählich. Sie saß jetzt schon eine ganze Zeit lang neben ihrer Schwester am Ufer und hatte nichts zu tun. Ab und zu warf sie einen Blick in das Buch, das ihre Schwester las, aber sie konnte keine Bilder darin entdecken und auch keine Gespräche. «Und was soll man mit einem Buch anfangen», fragte sich Alice, «in dem weder Bilder noch Gespräche vorkommen?»

Sie dachte darüber nach (soweit sie überhaupt nachdenken konnte, denn die Hitze machte ganz schläfrig und dumpf im Kopf), ob sie einen Kranz aus Gänseblümchen flechten sollte. So ein Gänseblümchenkranz wäre hübsch, aber lohnte es sich wirklich, dafür aufzustehen und Gänseblümchen zu pflücken? Während sie noch überlegte, rannte plötzlich ein weißes Kaninchen mit roten Augen direkt an ihr vorbei.

An und für sich war das ja nichts Weltbewegendes; Alice fand es auch nicht *besonders* eigenartig, daß das Kaninchen vor sich hin murmelte: «Du liebe Güte! Ich komme bestimmt zu spät!» (Als sie später darüber nachdachte, wunderte sie sich, daß es ihr nicht komisch vorgekommen war, doch während es passierte, schien ihr alles ganz natürlich.) Aber als das Kaninchen *eine Uhr aus der Westentasche zog*, nach der Zeit sah und eilig weiterlief, sprang Alice auf. Soviel war klar: Niemals zuvor hatte sie ein Kaninchen mit einer Westentasche gesehen. Schon gar nicht mit einer Uhr darin. Alice konnte ihre Neugier nicht mehr bezähmen und rannte dem Kaninchen quer über die Wiese nach. Sie sah gerade noch, wie es in einem großen Kaninchenloch unter der Hecke verschwand.

Sofort sprang Alice hinterher, ohne sich auch nur eine Sekunde den Kopf darüber zu zerbrechen, wie sie da je wieder herauskommen sollte.

Der Kaninchenbau lief erst geradeaus wie ein Tunnel und fiel dann plötzlich steil ab, so plötzlich, daß Alice gar nicht mehr überlegen konnte, ob sie vielleicht besser stehenbleiben sollte. Sie stürzte einfach hinunter in einen sehr, sehr tiefen Schacht.

Entweder war dieser Schacht wirklich ausgesprochen tief, oder sie fiel sehr langsam, denn sie konnte sich beim Fallen in aller Ruhe umschauen und sich fragen, was nun wohl geschehen würde. Zuerst versuchte sie hinunterzusehen. Sie wollte herausfinden, wohin sie eigentlich fiel, aber es war zu dunkel, man konnte überhaupt nichts erkennen. Dann schaute sie sich die Wände des Schachtes an und bemerkte, daß überall Schränke und Bücherregale angebracht waren; dazwischen hingen ein paar Landkarten und einige Bilder. Im Vorbeifallen nahm sie von einem der Regale ein Glas mit der Aufschrift «ORANGENMARME-LADE», doch zu ihrer großen Enttäuschung war es leer. Sie wollte das Glas nicht einfach wegwerfen, schließlich konnte es ja jemandem weiter unten auf den Kopf fallen, also stellte sie es in einen Schrank, an dem sie vorbeistürzte.

«Immerhin», dachte Alice, «nach diesem Sturzflug wird es mir nie wieder etwas ausmachen, irgendwo eine Treppe hinunterzufallen. Zu Hause werden alle staunen, wie tapfer ich bin. Wahrscheinlich könnte ich direkt vom Dach fallen und würde keinen Piep sagen.» (Womit sie wohl durchaus recht hatte.)

Tiefer, tiefer, tiefer. Würde dieser Sturz denn niemals aufhören? «Wie viele Kilometer ich jetzt wohl gefallen bin?» fragte sie laut. «Ich muß ungefähr am Mittelpunkt der Erde sein. Mal sehen: das wären sechstau-

send Kilometer, glaube ich…» (Solche und ähnliche Sachen hatte Alice nämlich in der Schule gelernt. Zwar war dies nicht die allerbeste Gelegenheit, mit ihrem Wissen zu glänzen, weil niemand da war, der ihr zuhörte, aber sie konnte ja mal üben.) «… hm, das müßte ungefähr hinkommen… aber auf welchem Längen- und Breitengrad ich jetzt wohl bin?» (Alice hatte keinen Schimmer, was ein Längen- oder ein Breitengrad war, aber die Worte klangen ziemlich gebildet.)

Laut überlegte sie weiter: «Vielleicht falle ich ja einmal durch die ganze Erdkugel. Das wird komisch, wenn ich bei den Leuten herauskomme, die auf dem Kopf rumlaufen! Wie nennt man die doch gleich? Antipathen, oder so ähnlich…» (Jetzt war sie ganz froh, daß keiner zuhörte; das Wort klang irgendwie nicht richtig.) «… am besten frage ich sie, wie das Land heißt. ‹Entschuldigen Sie, ist das hier Neuseeland oder Australien?›» (Und sie versuchte, dabei einen Knicks zu machen – stellt euch das vor, knicksen, während man durch die Luft fliegt!) «Die Leute werden mich allerdings für ziemlich dumm halten, wenn ich frage! Nein, ich laß es lieber. Vielleicht steht es ja irgendwo dran.»

Tiefer, tiefer, tiefer! Weil es sonst nichts zu tun gab, redete Alice einfach weiter mit sich selbst. «Dina wird mich heute abend bestimmt vermissen.» (Dina war ihre Katze.) «Hoffentlich vergessen sie nicht, ihr zum Nachmittagstee ein Schälchen Milch zu geben. Ach

Dina, ich wünschte, du wärst hier unten bei mir! Leider gibt es in der Luft keine Mäuse, aber du könntest eine Fledermaus fangen; die wird es hier wohl geben, oder nicht? Und Katzen fressen doch Fledermäuse?» Allmählich wurde Alice müde und murmelte schläfrig: «Fressen Katzen Fledermäuse? Fressen Katzen Fledermäuse?» und manchmal auch: «Fressen Fledermäuse Katzen?» Sie wußte das eine sowenig wie das andere, deshalb war es eigentlich egal, wie herum sie fragte. Schließlich nickte sie ein und träumte gerade, sie ginge Hand in Hand mit Dina spazieren und fragte sie ernsthaft: «Ganz ehrlich, Dina, hast du schon mal eine Fledermaus gefressen?», als sie – rums! – auf einem Haufen trockener Blätter und Zweige landete und es mit dem Fallen ein Ende hatte.

Alice hatte sich überhaupt nicht weh getan. Sie sprang auf und schaute nach oben, doch über ihr war alles dunkel. Geradeaus lag wieder ein langer Gang, und in einiger Entfernung sah sie auch schon das weiße Kaninchen, das eilig weiterrannte. Es war keine Zeit zu verlieren: Alice lief wie der Wind hinterher und konnte gerade noch hören, wie das Kaninchen sagte: «O meine Löffel und Schnurrhaare, wie spät es schon ist!», bevor es um eine Ecke bog. Alice war ihm dicht auf den Fersen, aber als sie um die Ecke kam, war das Kaninchen nicht mehr zu sehen. Sie stand in einem langen, niedrigen Saal, der von einer Reihe Deckenlampen erleuchtet wurde. Rund um den Saal waren lauter Türen. Alice probierte zuerst sämtliche Türen auf der einen Seite, dann die auf der anderen, doch sie waren alle verschlossen. Ganz niedergeschlagen ging sie durch die Mitte des Saales zurück und fragte sich, wie sie hier jemals wieder herauskommen sollte.

Plötzlich stand sie vor einem kleinen, dreibeinigen Tisch aus dickem Glas. Darauf lag nichts außer einem winzigen, goldenen Schlüssel, und Alices erster Gedanke war, daß er bestimmt zu einer der vielen Türen paßte. Aber nein – entweder waren die Schlösser zu groß, oder der Schlüssel war zu klein; jedenfalls konnte man keine einzige Tür damit öffnen. Als sie das zweite Mal die Runde machte, entdeckte sie einen niedrigen Vorhang, den sie vorher nicht bemerkt hatte, und dahinter eine Tür, ungefähr dreißig Zentimeter hoch. Sie steckte den goldenen Schlüssel ins Schlüsselloch, und siehe da, er paßte.

Alice schloß die Tür auf und stellte fest, daß dahinter wieder ein Gang lag, nicht viel größer als ein Mauseloch. Sie kniete sich hin und spähte durch den Gang in den schönsten Garten, den man sich vorstellen kann. Nur zu gern wäre sie aus dem düsteren Saal geflohen und zwischen den bunten Blumenbeeten und kühlen Brunnen umherspaziert; aber sie konnte nicht mal den Kopf durch die Tür stecken. «Und selbst wenn mein Kopf da durchginge», dachte die arme Alice, «hätte ich ja wohl nicht viel davon, ohne die Schultern. Wie praktisch wäre es, wenn ich mich zusammenschieben könnte wie ein Fernrohr! Das ginge bestimmt, wenn ich bloß wüßte, wie ich anfangen soll.» Nun ja, inzwischen waren so viele merkwürdige Dinge passiert, daß Alice allmählich nichts mehr für unmöglich hielt.

Es hatte keinen Sinn, noch länger vor dieser kleinen Tür herumzustehen. Also ging Alice zum Tisch zurück, in der Hoffnung, es könnte noch ein Schlüssel darauf liegen oder wenigstens ein Buch, in dem stand, wie man sich nach Art eines Fernrohrs zusammenschieben konnte. Diesmal fand sie eine kleine Flasche auf dem Tisch («Die stand vorhin bestimmt noch nicht da», sagte Alice). Am Flaschenhals hing ein Zettel, auf dem stand in wunderschönen großen Druckbuchstaben «TRINK MICH!»

Das war leicht gesagt, doch die schlaue kleine Alice wollte nichts überstürzen. «Nein», sagte sie, «erst werde ich mal nachsehen, ob nicht irgendwo ‹Gift› draufsteht.» Denn sie hatte einige hübsche kleine Geschichten von Kindern gelesen, die sich verbrannt hatten, von wilden Tieren gefressen worden oder anderweitig in Schwierigkeiten geraten waren, bloß weil sie ein paar einfache Regeln nicht bedachten, die freundliche Menschen ihnen beigebracht hatten: Zum Beispiel, daß man sich an einem glühendheißen Schürhaken verbrennen kann, wenn man ihn zu lange in der Hand behält, und daß es gewöhnlich blutet, wenn man sich richtig tief in den Finger schneidet. So wußte Alice auch genau, daß man nicht zuviel aus Flaschen trinken durfte, auf denen «Gift» stand, weil einem sonst mit ziemlicher Sicherheit übel wurde.

Aber auf dieser Flasche stand nirgends «Gift», deshalb riskierte Alice einen Schluck zum Probieren. Es schmeckte recht gut (eigentlich wie eine Mischung aus Kirschtorte, Vanillesauce, Brathähnchen, Karamelbonbons und Butterhörnchen), und kurz darauf war die Flasche leer.

«Was für ein komisches Gefühl!» sagte Alice. «Ich glaube, ich schiebe mich zusammen wie ein Fernrohr.»

Und so war es. Alice maß jetzt nur noch zwanzig Zentimeter und strahlte, als ihr einfiel, daß sie ja nun klein genug war, um durch die kleine Tür in den schönen Garten zu gehen. Allerdings wartete sie zuerst noch ein paar Minuten ab, ob sie vielleicht weiter schrumpfte. Sie war ein bißchen beunruhigt, «denn es könnte schließlich soweit kommen», sagte sie sich, «daß ich ganz ausgehe, wie eine Kerzenflamme. Wie ich dann wohl aussähe?» Und sie versuchte sich vorzustellen, wie eine Kerzenflamme aussieht, wenn sie ausgepustet ist; aber sie konnte sich nicht erinnern, daß sie so etwas schon mal gesehen hatte.

Sie wartete noch eine Weile, und als weiter nichts passierte, beschloß sie, gleich in den Garten zu gehen. Arme Alice! Als sie nämlich an die Tür kam, stellte sie fest, daß sie das goldene Schlüsselchen vergessen hatte. Sie ging zum Glastisch zurück, um es zu holen, doch sie konnte nicht zur Tischplatte hinaufreichen. Ganz deutlich sah sie den Schlüssel durch das Glas und versuchte verzweifelt, an einem der Tischbeine hochzuklettern, aber es war viel zu glatt. Von der vergeblichen Anstrengung völlig erschöpft, setzte sich die arme Alice schließlich hin und weinte.

«Es nützt überhaupt nichts, hier zu sitzen und zu heulen», schimpfte sie mit sich selbst. «Ich gebe dir einen guten Rat: Hör sofort auf damit!» Alice gab sich oft ausgezeichnete Ratschläge (die sie allerdings nur selten befolgte), und manchmal schalt sie sich selbst so streng, daß ihr die Tränen kamen. Sie konnte sich noch gut daran erinnern, wie sie einmal versucht hatte, sich eine Ohrfeige zu geben, als sie gegen sich selbst Krokket gespielt und dabei geschummelt hatte. Sie war ein merkwürdiges Kind und tat gern so, als wäre sie zwei Personen. «Aber im Augenblick hilft es gar nichts», dachte die arme Alice, «zu tun, als wäre ich zwei Personen. Was jetzt noch von mir übrig ist, reicht ja kaum für eine anständige Person!»

Kurz darauf bemerkte sie einen kleinen Glaskasten unter dem Tisch, öffnete ihn und fand einen sehr kleinen Kuchen darin, auf dem mit schönen Rosinenbuchstaben «ISS MICH!» geschrieben stand. «Na gut, ich werde ihn essen», sagte Alice. «Wenn ich davon größer werde, kann ich den Schlüssel erreichen; wenn ich davon kleiner werde, kann ich unter der Tür durchkriechen. Auf jeden Fall komme ich so in den Garten – wie, ist ja eigentlich egal.»

Sie aß ein kleines Stück und fragte sich ängstlich: «Welche Richtung? Welche Richtung?» Dabei legte sie die Hand prüfend auf den Kopf und stellte erstaunt fest, daß sie so groß blieb, wie sie war. Natürlich ist das meistens der Fall, wenn man Kuchen ißt; aber Alice hatte sich schon so daran gewöhnt, merkwürdige Dinge zu erleben, daß ihr alles Normale sterbenslangweilig vorkam.

Also machte sie sich wieder über den Kuchen her, und bald hatte sie ihn bis auf den letzten Krümel vertilgt.

2

Der Tränenteich

Merkwürdiger und merkwürdigerer!» rief Alice (vor lauter Überraschung konnte sie schon nicht mehr richtig sprechen). «Jetzt schieße ich in die Länge wie das längste Fernrohr aller Zeiten! Lebt wohl, Füße!» (Als sie nach unten schaute, konnte sie ihre Füße nämlich kaum noch erkennen, so weit entfernt waren sie schon.) «O je, meine armen Füße, wer soll euch jetzt Schuhe und Strümpfe anziehen? *Ich* kann es jedenfalls nicht mehr! Bald werde ich viel zu weit weg sein, um mich um euch zu kümmern. Ihr müßt wohl allein zurechtkommen – aber ich sollte lieber nett zu ihnen sein», dachte Alice, «sonst gehen sie vielleicht nicht mehr dahin, wo ich hinwill! Mal nachdenken… Ich werde ihnen einfach jedes Jahr ein Paar neue Stiefel zu Weihnachten schenken.»
Und sie überlegte sich, wie dieser Plan auszuführen wäre: «Am besten schicke ich sie per Boten», dachte sie, «wie komisch das sein wird, Geschenke an die eigenen Füße zu schicken! Und wie merkwürdig die Adresse aussehen wird!

Herrn
Rechter Fuß von Alice
Kaminvorleger

beim Ofenschirm
(mit herzlichen Grüßen von Alice)

Du lieber Himmel, was rede ich bloß für Unsinn!»
Genau in diesem Moment stieß sie mit dem Kopf gegen
die Saaldecke – mittlerweile war sie nämlich schon fast
drei Meter groß. Rasch griff sie nach dem kleinen goldenen Schlüssel und lief zur Gartentür.
Arme Alice! Wenn sie sich seitlich auf den Boden
legte, konnte sie gerade mit einem Auge den Garten
erkennen, aber hineinzugelangen war aussichtsloser
denn je. Sie setzte sich hin und brach aufs neue in Tränen aus.
«Du solltest dich schämen», sagte Alice, «ein großes
Mädchen wie du» (das konnte sie wohl sagen), «ständig zu heulen! Hör sofort auf damit!» Aber sie weinte
trotzdem weiter und vergoß literweise Tränen, bis um
sie herum ein großer Teich entstanden war, ungefähr
zehn Zentimeter tief und halb so groß wie der Saal.
Nach einer Weile hörte sie in einiger Entfernung das
leise Trippeln von Füßen und trocknete hastig ihre
Tränen, um zu sehen, wer da kam. Es war das weiße
Kaninchen, äußerst elegant gekleidet, mit einem Paar
weißer Glacéhandschuhe in der einen und einem großen Fächer in der anderen Hand. Während es eilig näher kam, murmelte es unentwegt: «O je, die Herzogin,
die Herzogin! O je! Sie wird schäumen vor Wut, wenn
ich sie warten lasse!» Alice war inzwischen so verzweifelt, daß sie jeden um Hilfe gebeten hätte. Als das Ka-

ninchen herankam, begann sie mit leiser, schüchterner Stimme: «Verzeihung, der Herr…» Das Kaninchen fuhr heftig zusammen, ließ die weißen Glacéhandschuhe und den Fächer fallen und sauste wie der Blitz in die Dunkelheit davon.

Alice hob den Fächer und die Handschuhe auf. Es war sehr warm im Saal, deshalb fächelte sie sich Kühlung zu, während sie weitersprach. «Also wirklich! Was für verrückte Dinge heute passieren! Dabei war doch gestern noch alles ganz normal. Ob ich vielleicht über Nacht verwandelt worden bin? Laß mich überlegen: War ich heute morgen beim Aufstehen dieselbe wie immer? Ich glaube fast, ich habe mich ein bißchen anders gefühlt. Aber wenn ich nicht dieselbe bin, ist die nächste Frage: ‹Wer in aller Welt bin ich dann?› Ja, *das* ist das große Rätsel!» Und dann ging Alice in Gedanken alle Kinder in ihrem Alter durch, die sie kannte, um festzustellen, ob sie vielleicht gegen eines von ihnen ausgetauscht worden war.

«Ada kann ich ganz bestimmt nicht sein», sagte sie, «Ada hat langes, lockiges Haar, und ich hab keine einzige Locke. Mabel kann ich auch nicht sein, denn ich weiß eigentlich eine ganze Menge, und sie weiß so gut wie gar nichts! Außerdem ist *sie* ja sie und *ich* bin ich, und – du liebe Zeit, ist das alles verdreht! Mal sehen, ob ich noch alles weiß, was ich immer wußte: Also: vier mal fünf ist zwölf, vier mal sechs ist dreizehn, und vier mal sieben ist – nein, so komm ich ja niemals bis zwanzig! Aber das Einmaleins zählt nicht, mal schauen, wie es mit Erdkunde steht: London ist die Hauptstadt von Paris, und Paris ist die Hauptstadt von Rom – nein, das ist ganz bestimmt alles falsch. Dann bin ich doch mit Mabel vertauscht worden! Ich versuch mal, ‹Der Fischer› aufzusagen.» Sie faltete die Hände im Schoß, als müßte sie ihre Hausaufgaben vortragen, und sagte das Gedicht auf, aber ihre Stimme klang heiser und fremd, und die Worte klangen noch eigenartiger:

«Das Wasser rauscht, das Wasser tost,
    ein Krokodil sitzt drin,
sieht nach dem kleinen Fischerboot
    und grinst so vor sich hin.
Dann schnappt es zu, das geht ruck, zuck,
    da ist der Fischer weg;
das Krokodil hat Magendruck,
    das Boot, es hat ein Leck.»

«Das sind nie und nimmer die richtigen Worte, soviel ist sicher», sagte die arme Alice, und ihre Augen füllten sich wieder mit Tränen, als sie fortfuhr: «Wahrscheinlich bin ich wirklich Mabel, dann muß ich von jetzt an in diesem armseligen kleinen Haus wohnen, habe fast überhaupt kein Spielzeug und muß schrecklich viel für die Schule lernen! Nein, das kommt nicht in Frage: Wenn ich Mabel bin, bleib ich hier unten! Da können alle noch so oft ihre Köpfe ins Kaninchenloch stecken und sagen ‹Komm doch wieder herauf zu uns!› Ich werd bloß hochgucken und sagen: ‹Wer bin ich, bitte sehr? Das möchte ich erst mal wissen, und wenn ich Lust habe, diejenige zu sein, die ich bin, dann komm ich rauf. Wenn nicht, bleib ich hier unten, bis ich wieder jemand anders bin› – aber ich wünschte», schluchzte Alice verzweifelt, «es *würde* endlich mal jemand den Kopf hereinstecken! Ich hab es so furchtbar satt, hier mutterseelenallein zu sitzen!»

Als sie das sagte, sah sie auf ihre Hände hinunter und merkte überrascht, daß sie beim Reden einen der kleinen weißen Glacéhandschuhe des Kaninchens übergezogen hatte. «Wie hab ich denn das geschafft?» dachte sie. «Vielleicht werde ich wieder kleiner?» Sie stand auf und ging zum Tisch hinüber, um sich daran zu messen, und stellte fest, daß sie ungefähr noch einen halben Meter groß war – soweit sie das schätzen konnte – und rasch weiter schrumpfte. Bald merkte sie, daß dies am Fächer in ihrer Hand lag, und ließ ihn hastig fallen, gerade noch rechtzeitig, sonst wäre sie zu einem Nichts zusammengeschrumpft.

«Das war knapp!» sagte Alice, einigermaßen verstört über die plötzliche Veränderung, aber froh, daß sie überhaupt noch da war. «Jetzt aber ab in den Garten!» Und sie lief so schnell sie konnte zurück zur Gartentür; aber die kleine Tür war wieder verschlossen, und der kleine goldene Schlüssel lag wieder auf dem Glastisch, genau wie vorher, «und jetzt ist alles noch viel schlimmer», dachte das arme Kind, «denn so klein wie jetzt war ich überhaupt noch nie. Das ist doch wirklich das Letzte, jawohl, das ist es!»

24

Als sie das sagte, rutschte sie aus, und im nächsten Augenblick – platsch! – lag sie bis zum Kinn im Salzwasser. Ihr erster Gedanke war, sie sei ins Meer gefallen, «und dann», dachte sie, «kann ich ja mit der Eisenbahn zurückfahren». (Alice war einmal in ihrem Leben am Meer gewesen und seither der Ansicht, es gebe an jeder Küste fahrbare Badekabinen, ein paar Kinder, die mit Holzschaufeln im Sand spielten, eine Reihe von Pensionen und dahinter einen Bahnhof.) Aber bald merkte sie, daß sie in dem Teich von Tränen lag, die sie geweint hatte, als sie noch drei Meter groß gewesen war.

«Hätte ich doch bloß nicht so viel geheult!» sagte Alice, während sie hin und her schwamm und versuchte, einen Weg aus dem Teich zu finden. «Jetzt muß ich zur Strafe in meinen eigenen Tränen ertrinken! Das wird ein *ziemlich* merkwürdiges Erlebnis, möchte ich wetten! Na ja, heute ist eben alles merkwürdig.»

Plötzlich hörte sie etwas weiter weg ein heftiges Platschen und schwamm näher heran, um herauszufinden, was es sein könnte. Zuerst dachte sie an ein Walroß oder ein Nilpferd, aber dann fiel ihr ein, wie klein sie selbst war. Bald erkannte sie, daß da nur eine Maus im Teich paddelte.

«Ob es wohl Zweck hat», dachte Alice, «diese Maus anzusprechen? Hier unten ist alles so seltsam, es würde mich nicht wundern, wenn sie reden könnte. Außerdem kann ein Versuch ja nicht schaden.» Also begann sie: «O Maus, weißt du, wie ich aus diesem

Teich herauskomme? Ich hab genug davon, hier herumzuschwimmen, o Maus!» (Alice meinte, dies sei die korrekte Anrede für eine Maus. Zwar hatte sie nie zuvor eine Maus angesprochen, aber sie erinnerte sich an eine Stelle in der lateinischen Grammatik ihres Bruders. Dort stand: «die Maus – der Maus – der Maus – die Maus – o Maus!») Die Maus sah Alice fragend an und schien ihr mit einem ihrer kleinen Äuglein zuzuzwinkern, sagte aber kein Wort.

«Sie versteht mich nicht», dachte Alice. «Wahrscheinlich eine französische Maus, die mit Wilhelm dem Eroberer herübergekommen ist.» (Obwohl sie sich in Geschichte gut auskannte, wußte Alice nie so ganz genau, wie lange ein Ereignis schon zurücklag.) Also versuchte sie es noch einmal: «Où est ma chatte?» Das war der erste Satz in ihrem Französischbuch. Die Maus schoß wie von der Tarantel gestochen aus dem Wasser und zitterte vor Angst am ganzen Leib. «Oh, Verzeihung», rief Alice hastig, voller Angst, sie könnte die arme Maus gekränkt haben. «Ich hatte ganz vergessen, daß du keine Katzen magst.»

«Daß ich keine Katzen *mag*?» kreischte die Maus entrüstet. «Würdest *du* an meiner Stelle Katzen mögen?»

«Na ja, vielleicht nicht», sagte Alice beschwichtigend, «sei mir bitte nicht böse. Allerdings wünschte ich, du könntest unsere Katze Dina kennenlernen. Ich glaube, du würdest Katzen gern haben, wenn du sie nur sehen könntest. Sie ist so ein liebes, friedliches Ding», fuhr

Alice halb zu sich selbst fort, während sie gemächlich im Teich umherschwamm, «und es ist so nett, wie sie am Kamin sitzt und schnurrt, während sie sich die Pfoten leckt und das Gesicht putzt – und sie ist so weich und angenehm zu streicheln – und eine fabelhafte Mäusefängerin – o nein, bitte entschuldige!» rief Alice, denn jetzt zitterte die Maus am ganzen Leib. Sie mußte wirklich sehr verletzt sein. «Wenn es dir lieber ist, sprechen wir nicht mehr über Dina.»

«*Wir* – das ist ja wohl die Höhe!» rief die Maus, immer noch bibbernd bis in die Schwanzspitze. «Als ob *ich* jemals von so etwas sprechen würde! In unserer Familie waren Katzen stets *verhaßt*: ekelhafte, gemeine, vulgäre Geschöpfe! Ich will nichts mehr davon hören!»

«Versprochen», sagte Alice und wechselte hastig das Thema. «Magst du – magst du… äh… magst du Hunde?» Die Maus antwortete nicht, also fuhr Alice eifrig fort: «In unserer Nachbarschaft gibt es einen so niedlichen kleinen Hund, den würde ich dir gern mal zeigen! Ein kleiner Terrier mit glänzenden Augen, weißt du, und soo langem, lockigem braunem Fell! Wenn du etwas wirfst, bringt er es auf der Stelle zurück, und er macht Männchen, wenn er etwas zu fressen haben möchte, und außerdem kann er noch alle möglichen Kunststücke, die mir jetzt gerade nicht alle einfallen. Er gehört einem Bauern, weißt du, und der sagt, sein Hund sei nicht mit Gold aufzuwiegen, so nützlich ist er! Er sagt, dieser Hund fängt jede Ratte in

28

der Gegend und – o nein», rief Alice unglücklich, «jetzt hab ich sie schon wieder beleidigt!» Die Maus schwamm nämlich davon, so schnell sie konnte; der ganze Teich geriet davon in Aufruhr und schlug heftige Wellen.

Alice rief ihr zerknirscht nach: «Liebe Maus! Bitte komm wieder zurück, wir wollen bestimmt nicht mehr über Katzen oder Hunde sprechen, wenn du sie nicht magst!» Als die Maus das hörte, kehrte sie um und kam langsam zurückgeschwommen; sie war ganz blaß (vor Zorn, dachte Alice) und sagte leise, mit zitternder Stimme: «Laß uns zum Ufer schwimmen, dann erzähle ich dir meine Geschichte, und du wirst verstehen, warum ich Katzen und Hunde hasse.»

Es wurde höchste Zeit, das Weite zu suchen, denn im Teich herrschte schon ein ziemliches Gedränge unter all den Vögeln und Vierbeinern, die inzwischen hineingefallen waren: eine Ente und eine Dronte, ein Lori, ein junger Adler und einige andere seltsame Geschöpfe. Mit Alice an der Spitze schwamm die ganze Gesellschaft ans Ufer.

3

Ein seltsamer Wettlauf und eine
schwanzlange Geschichte

Es war eine sehr merkwürdige Gesellschaft, die
sich da am Ufer versammelte – die Vögel mit traurig herunterhängenden Federn, die Vierbeiner mit
verkleistertem Fell, und allesamt klatschnaß und miß-
mutig.

Die wichtigste Frage war natürlich, wie man am
schnellsten wieder trocken wurde. Darüber gab es eine
ausführliche Beratung, und Alice fand es schon nach
kurzer Zeit ganz normal, daß sie mit den Tieren so ver-
traulich redete. Sie hatte ein längeres Streitgespräch
mit dem Lori, der schließlich beleidigt war und nur
noch sagte: «Ich bin älter als du, deshalb muß ich
es besser wissen.» Was Alice nicht durchgehen ließ,
schon deshalb, weil sie gar nicht wußte, wie alt der Lori
war, und da er sich beharrlich weigerte, sein Alter zu
verraten, war das Gespräch damit beendet.

Schließlich rief die Maus, die offenbar als Respekts-
person galt: «Setzt euch alle mal hin und hört mir zu!
Ich werd euch schon schnell genug trocken kriegen!»
Sofort setzten sich alle in einem großen Kreis um die
Maus herum. Alice sah sie erwartungsvoll und ängst-
lich an, denn sie wußte, daß sie sich einen gräßlichen
Schnupfen holen würde, wenn sie nicht schleunigst
wieder trocken würde.

«Ähem!» machte die Maus mit wichtiger Miene. «Seid ihr bereit? Jetzt kommt die trockenste Geschichte, die ich kenne. Ruhe, bitte! ‹Die Engländer, die eine starke Hand wünschten und seit längerer Zeit an Fremdherrschaft und Eroberung gewöhnt waren, unterwarfen sich rasch Wilhelm dem Eroberer, dessen Unternehmen vom Papst begünstigt wurde. Edwin und Morcar, die Grafen von Mercia und Northumbrien…›»

«Brr!» sagte der Lori schaudernd.

«Wie bitte?» sagte die Maus stirnrunzelnd, wenn auch überaus höflich. «Sagtest du etwas?»

«Ich? Aber nein!» versicherte der Lori hastig.

«Ich dachte, du hättest eine Bemerkung gemacht», sagte die Maus. «Ich fahre fort: ‹Edwin und Morcar, die Grafen von Mercia und Northumbrien, stellten sich auf seine Seite, und sogar Stigland, der patriotische Erzbischof von Canterbury, fand es angebracht…›»

«Fand was?» fragte die Ente.

«Fand *es*», entgegnete die Maus ziemlich verärgert. «Du wirst hoffentlich wissen, was ‹es› heißt.»

«Natürlich weiß ich, was ‹es› heißt, wenn *ich* etwas finde», sagte die Ente. «Meistens ist es ein Frosch, oder ein Wurm. Die Frage ist aber doch: Was hat der Erzbischof gefunden?»

Die Maus überging diese Frage und fuhr rasch fort: «‹… fand es angebracht, Wilhelm gemeinsam mit Edgar Atheling aufzusuchen und ihm die Krone anzutra-

gen. Wilhelm selbst verhielt sich anfangs zurückhaltend, doch die Unverschämtheit seiner Normannen –›
Wie fühlst du dich jetzt, liebes Kind?» fragte die Maus, an Alice gewandt.

«Genauso naß wie vorhin», sagte Alice kläglich. «Anscheinend werde ich davon kein bißchen trockener.»

«In diesem Fall», sagte die Dronte feierlich und erhob sich, «votiere ich dafür, die Konferenz zu vertagen, zwecks umgehenden Rekurses auf effizientere Maßnahmen…»

«Drück dich gefälligst verständlich aus», sagte der junge Adler. «Ich verstehe nicht mal die Hälfte dieser langen Wörter; und ich glaube, du verstehst sie selbst nicht!» Der Adler senkte den Kopf, um ein Grinsen zu verbergen, und ein paar andere Vögel kicherten vernehmlich.

«Ich wollte lediglich sagen», entgegnete die Dronte beleidigt, «daß das beste Mittel, schnell trocken zu werden, ein Versammlungswettlauf ist.»

«Was *ist* ein Versammlungswettlauf?» fragte Alice. Eigentlich war sie gar nicht besonders neugierig darauf, aber die Dronte hatte eine so bedeutungsvolle Pause gemacht, als müsse jemand etwas sagen, und die anderen schwiegen beharrlich.

«Tja», sagte die Dronte, «das kann man wohl am besten erklären, indem man es tut.» (Falls ihr es eines Wintertages auch mal probieren wollt, erkläre ich euch jetzt, wie die Dronte es gemacht hat.)

Zuerst steckte sie eine ungefähr kreisförmige Bahn ab («Auf die Form kommt es nicht so genau an», sagte sie), und dann mußten sich alle irgendwo entlang der Strecke aufstellen. Niemand sagte: «Achtung, fertig, los!» Jeder fing an zu laufen, wann er wollte, und hörte auf, wann er wollte, deshalb war es nicht einfach herauszufinden, wann der Wettlauf überhaupt beendet war. Doch als sie ungefähr eine halbe Stunde lang so gelaufen und wieder einigermaßen trocken geworden waren, rief die Dronte plötzlich: «Der Wettlauf ist vorbei!» Darauf versammelten sich alle um sie und fragten schwer atmend: «Aber wer hat denn nun gewonnen?»

Diese Frage kostete die Dronte tiefes Nachdenken, und so stand sie lange da, einen Finger an die Stirn gelegt (genau die Haltung, in der berühmte Dichter meistens abgebildet sind), während die anderen stumm warteten. Schließlich sagte die Dronte: «*Alle* haben gewonnen, deshalb müssen auch *alle* einen Preis bekommen.»

«Aber wer verteilt die Preise?» erhoben sich mehrere Stimmen im Chor.

«Na, *sie* natürlich», sagte die Dronte und zeigte mit dem Finger auf Alice. Sofort scharte sich die ganze Gesellschaft um Alice, und alle riefen durcheinander: «Preise! Preise!»

Alice hatte keine blasse Ahnung, was sie nun tun sollte. In ihrer Verzweiflung steckte sie die Hand in die Tasche, zog eine Schachtel Bonbons hervor (die glücklicherweise vom Salzwasser verschont geblieben war) und verteilte sie als Preise. Es ging genau auf: Jeder bekam einen Bonbon.

«Aber sie muß doch auch einen Preis haben», sagte die Maus.

«Natürlich», erwiderte die Dronte würdevoll. «Was hast du sonst noch in deiner Tasche?» wandte sie sich an Alice.

«Bloß einen Fingerhut», sagte Alice unglücklich.

«Gib ihn mir», sagte die Dronte.

Und wieder versammelten sich alle um Alice, während die Dronte ihr feierlich den Fingerhut überreichte, mit den Worten: «Wir ersuchen dich, diesen erlesenen Fingerhut entgegenzunehmen.» Als diese kurze Rede beendet war, brachen alle in Beifallsrufe aus.

Alice fand das Ganze ziemlich albern, aber die anderen machten so ernste Gesichter, daß sie nicht zu lachen wagte. Weil ihr nichts einfiel, was sie hätte sagen können, verneigte sie sich einfach, nahm den Fingerhut entgegen und versuchte dabei eine möglichst feierliche Miene aufzusetzen.

Als nächstes mußten die Bonbons gegessen werden, was nicht ohne einiges Spektakel und Durcheinander abging: Die großen Vögel beschwerten sich, daß sie nichts schmeckten; die kleinen verschluckten sich, und die anderen mußten ihnen auf den Rücken klopfen. Doch irgendwann war die Aufregung vorbei; sie setzten sich alle wieder im Kreis zusammen und baten die Maus, ihnen noch etwas zu erzählen.

«Du hast mir deine Geschichte versprochen, weißt du noch?» sagte Alice. «Du wolltest erklären, warum du... K und H nicht magst», fügte sie leise hinzu, weil sie befürchtete, die Maus könnte schon wieder gekränkt sein.

«Die Geschichte ist ganz lang und traurig», sagte die Maus mit einem tiefen Seufzer und wandte sich Alice zu.

«Schwanzlang?» sagte Alice und betrachtete neugierig den Schwanz der Maus. Und während sie zuhörte, überlegte sie, was die Maus wohl gemeint hatte. Schließlich nahm die Geschichte in Alices Vorstellung ungewöhnliche Gestalt an, etwa so:

35

«Hasso sagte zur Maus, die er traf
in dem Haus : ‹Komm mit
vors Gericht; ich ver-
klage dich. Finde
dich drein, die
Verhandlung
muß sein, ich
hab heut nichts
vor, und sonst
langweil ich
mich.› Sagt
die Maus zu
dem Köter :
‹Das verschieb
mal auf später,
ohne Anwalt
und Richter
hat es doch
keinen Sinn.›
Da kann Hasso
nur lachen :
‹Den Richter
werd ich
machen,
den An-
walt da-
zu, und
dann
richt
ich
dich
hin.›»

«Du paßt überhaupt nicht auf», sagte die Maus streng zu Alice. «Wo bist du eigentlich mit deinen Gedanken?»

«Entschuldige bitte», sagte Alice beschämt. «Du warst, glaube ich, gerade bei der fünften Schwanzschleife, oder?»

«Keineswegs!» rief die Maus empört.

«Kein Weg?» Alice, stets hilfsbereit, sah sich ein wenig verwirrt um. «Ich kenne mich hier selbst nicht so gut aus, aber wenn du einen bestimmten Weg suchen solltest, kann ich dir vielleicht trotzdem helfen.»

«Das kannst du todsicher nicht.» Die Maus stand auf und trippelte davon. «Es ist beleidigend, wenn man sich so einen Unsinn anhören muß!»

«Ich hab's nicht so gemeint!» beteuerte Alice. «Aber du bist wirklich sehr leicht eingeschnappt, weißt du!»

Die Maus murrte bloß ungehalten.

«Bitte komm zurück und erzähl deine Geschichte zu Ende!» rief Alice ihr nach. Und die anderen fielen ein: «Ja, bitte komm doch zurück!» Doch die Maus schüttelte nur verärgert den Kopf und trippelte noch schneller.

«Wie schade, daß sie nicht geblieben ist», seufzte der Lori, sobald die Maus außer Sichtweite war. Und eine ältliche Krabbe nutzte die Gelegenheit, ihre Tochter zu ermahnen: «Laß dir das eine Lehre sein, mein Kind. Man darf sich niemals so unbeherrscht benehmen.»

«Ach, halt den Mund, Mama», sagte die kleine

Krabbe schnippisch, «bei dir würde die geduldigste Auster aus der Schale fahren!»

«Ich wünschte, ich hätte Dina bei mir, wirklich», sagte Alice laut vor sich hin. «Dina würde die Maus bestimmt in Null Komma nix zurückholen!»

«Und wer ist Dina, wenn ich fragen darf?» sagte der Lori.

Alice zögerte nicht mit der Antwort, sie erzählte nur zu gern von ihrem Lieblingstier: «Dina ist unsere Katze. Und eine fabelhafte Mäusefängerin, ihr könnt es euch gar nicht vorstellen! Fast noch besser ist sie, wenn es um Vögel geht. Sie schnappt sich jeden kleinen Vogel, kaum daß sie ihn gesehen hat!»

Diese Worte sorgten in der Versammlung für gewaltige Unruhe. Einige Vögel suchten sofort das Weite; eine alte Elster hüllte sich tiefer in ihr Federkleid und bemerkte scheinbar beiläufig: «Ich muß jetzt wirklich aufbrechen, die Nachtluft tut meiner Kehle nicht gut!» Und ein Kanarienvogel rief mit zitternder Stimme seine Kinder: «Gehen wir, meine Kleinen. Es wird höchste Zeit, daß ihr ins Nest kommt!» Unter den verschiedensten Vorwänden machten sich alle davon, und bald blieb Alice allein zurück.

«Hätte ich bloß nichts von Dina erzählt», murmelte sie bedrückt. «Anscheinend kann sie hier niemand leiden, dabei ist sie ganz bestimmt die beste Katze der Welt! Ach, liebste Dina! Ob ich dich jemals wiedersehe?» Gleich darauf fing die arme Alice wieder zu weinen an, einsam und kreuzunglücklich, wie sie war.

Doch als sie nach einer Weile in einiger Entfernung das Trippeln kleiner Füße hörte, hob sie voller Hoffnung den Kopf. Vielleicht hatte die Maus es sich ja überlegt und kam zurück, um ihre Geschichte zu beenden?

4

Eine billige Nummer vom Kaninchen

Es war das weiße Kaninchen, das langsam zurückgehoppelt kam und sich dabei unruhig nach allen Seiten umschaute, als habe es etwas verloren. Alice hörte, wie es vor sich hin murmelte: «Die Herzogin! Die Herzogin! O meine lieben Pfoten! O mein Pelz und Schnurrbart! Sie wird mich einen Kopf kürzer machen, so wahr ein Frettchen ein Frettchen ist! Wo kann ich sie bloß verloren haben?» Alice erriet sofort – das Kaninchen suchte den Fächer und die weißen Glacéhandschuhe, und hilfsbereit, wie sie war, machte sie sich auf die Suche danach. Doch Fächer und Handschuhe waren nirgendwo zu sehen. Seit ihrem Bad im Tränenteich schien sich alles verändert zu haben: Der Saal samt Glastisch und Gartentür war verschwunden.

Es dauerte nicht lange, bis das Kaninchen Alice bemerkte. Ärgerlich rief es ihr zu: «Zum Kuckuck, Mary Ann, was machst *du* denn hier? Lauf schnell nach Haus und hol mir ein Paar Handschuhe und einen Fächer! Beeil dich!» Alice war so eingeschüchtert, daß sie sofort in die Richtung lief, in die das Kaninchen gezeigt hatte, und gar nicht erst versuchte, den Irrtum aufzuklären.

«Er hält mich für sein Dienstmädchen», sagte sie im

Laufen zu sich selbst. «Na, der wird sich wundern, wenn er herausfindet, wer ich wirklich bin! Aber am besten sollte ich ihm erst mal Fächer und Handschuhe bringen – das heißt, wenn ich sie überhaupt finde.» Kaum hatte sie das gesagt, als sie an ein sauberes kleines Haus kam, an dessen Tür ein blitzblankes Messingschild hing: «W. KANINCHEN» stand darauf. Sie trat ein, ohne zu klopfen, und rannte die Treppe hinauf, voller Angst, sie könnte der richtigen Mary Ann begegnen und hinausgeworfen werden, bevor sie Fächer und Handschuhe gefunden hatte.

«Es ist schon seltsam», sagte sich Alice, «daß ich hier für ein Kaninchen Botengänge mache! Wahrscheinlich wird Dina mich demnächst losschicken, um etwas für sie zu erledigen!» Und sie stellte sich vor, wie das wohl sein würde: «‹Alice! Komm bitte sofort hierher, wir wollen spazierengehen!› – ‹Ich komme gleich, Fräulein! Aber ich muß dieses Mauseloch bewachen, bis Dina wiederkommt, damit die Maus nicht entwischt!› Allerdings glaube ich nicht», überlegte Alice weiter, «daß Dina bei uns bleiben darf, wenn sie anfängt, die Leute so herumzukommandieren!»

Inzwischen war sie zu einem kleinen Zimmer gelangt, in dem es sehr ordentlich aussah. Am Fenster stand ein Tisch, und darauf lagen (wie sie gehofft hatte) ein Fächer und mehrere Paar winziger weißer Glacéhandschuhe. Sie nahm den Fächer und ein Paar Handschuhe und wollte gerade wieder aus dem Zimmer schlüpfen, als sie neben dem Spiegel eine kleine Flasche bemerkte. Zwar stand diesmal nicht «TRINK MICH» darauf, dennoch entkorkte Alice die Flasche und setzte sie an die Lippen. «Irgend etwas Interessantes passiert ja immer, wenn ich etwas esse oder trinke», sagte sie sich, «mal sehen, was es mit dieser Flasche auf sich hat. Ich hoffe, sie macht mich wieder größer. Allmählich bin ich es leid, so winzig zu sein!»

Alice wurde tatsächlich größer, und zwar sehr viel schneller, als sie erwartet hatte: Bevor sie die Flasche halb ausgetrunken hatte, stieß sie schon mit dem Kopf gegen die Zimmerdecke und mußte sich bücken, um sich nicht den Hals zu brechen. Hastig stellte sie die Flasche weg und sagte: «Das reicht... hoffentlich wachse ich nicht endlos weiter... Ich komm schon jetzt nicht mehr durch die Tür... Hätte ich doch bloß nicht so viel davon getrunken!»

Zu spät! Alice wuchs und wuchs immer weiter, bald mußte sie sich hinknien, im nächsten Augenblick hatte sie nicht einmal mehr dazu Platz. Also legte sie sich auf den Boden, stützte einen Ellenbogen gegen die Tür und legte den anderen Arm über den Kopf. Doch sie wuchs unaufhörlich weiter, schließlich streckte sie einen Arm aus dem Fenster und ein Bein durch den Kamin in den Schornstein hinauf. «Mehr kann ich einfach nicht tun, egal was jetzt geschieht», sagte sie. «Was soll bloß aus mir werden?»

Glücklicherweise wirkte die Zauberflasche nicht weiter, und Alice hörte auf zu wachsen. Aber ihre Lage war wirklich mehr als unbequem; sie wußte nicht, wie sie jemals wieder aus diesem Zimmer hinausgelangen sollte. Kein Wunder, daß Alice sich todunglücklich fühlte.

«Zu Hause war es doch viel schöner», dachte die arme Alice, «da wurde man nicht dauernd größer oder kleiner und mußte sich auch nicht von Mäusen und Kaninchen herumkommandieren lassen. Fast wünschte ich, ich wäre nicht in dieses Kaninchenloch gefallen – andererseits... andererseits ist das Leben hier ja ziemlich spannend. Wenn ich bloß wüßte, was eigentlich mit mir geschehen ist. Dabei hab ich immer geglaubt, was in den Märchen steht, könnte nie in Wirklichkeit passieren. Und jetzt bin ich mittendrin in so einem Märchen! Eigentlich sollte jemand ein Buch über mich schreiben, jawohl! Wenn ich groß bin, werde ich eins schreiben – allerdings bin ich jetzt schon ziemlich groß», fügte sie kläglich hinzu. «Jedenfalls kann ich *hier* nicht mehr größer werden. Es ist einfach kein Platz da.»

Alice überlegte weiter. «Wenn ich jetzt schon groß bin, ob ich dann auch nicht mehr älter werden kann? Das wäre immerhin ein Trost – ich würde nie eine alte Frau werden – aber dann müßte ich mein ganzes Leben lang Schularbeiten machen. Nein, das wäre wirklich furchtbar.»

Aber darauf fand sie gleich selbst die Antwort: «Wie dumm von dir, Alice. Wie sollst du denn hier Schularbeiten machen? Es gibt ja kaum genügend Platz für *dich*; wo sollen da noch Schulbücher hinpassen?»

Und so redete sie weiter, fragte etwas und antwortete sich gleich selbst; es wurde eine regelrechte Unterhaltung daraus. Plötzlich hörte sie draußen eine Stimme und hielt inne, um zuzuhören.

«Mary Ann! Mary Ann!» rief die Stimme. «Bring mir augenblicklich meine Handschuhe!» Alice hörte das Getrippel kleiner Füße auf der Treppe und wußte, es war das Kaninchen, das nach ihr suchte. Sie zitterte vor Angst, bis das Haus wackelte, und vergaß in ihrem Schrecken völlig, daß sie inzwischen ungefähr tausendmal so groß wie das Kaninchen war und sich deshalb wirklich nicht zu fürchten brauchte.

Schließlich stand das Kaninchen vor der Zimmertür und versuchte hereinzukommen, da die Tür aber nach innen aufging und Alices Ellenbogen dagegen drückte, wurde daraus nichts. Alice hörte das Kaninchen murmeln: «Dann geh ich eben ums Haus und klettere durchs Fenster.»

«Das wirst du nicht tun», dachte Alice. Sie wartete, und als sie das Kaninchen unter dem Fenster zu hören glaubte, öffnete sie plötzlich die Hand und grapschte in die Luft. Zwar konnte sie nichts erwischen, doch sie hörte einen spitzen Aufschrei, dann einen Plumps und das Klirren von Glas, woraus sie schloß, das Kaninchen müsse in ein Frühbeet oder so etwas Ähnliches gefallen sein. Schließlich hörte sie die zornige Stimme des Kaninchens: «Pat! Pat! Wo steckst du?» Dann folgte eine Stimme, die Alice noch nie gehört hatte: «Na hier, beim Apfelstechen, Euer Gnaden!»

«Apfelstechen? Sehr lustig!» sagte das Kaninchen wütend. «Komm mal her und hilf mir hier raus!» (Wiederum heftiges Klirren.)

«Jetzt sag mir mal, Pat, was ist das da im Fenster?»

«Na, das wird wohl'n Arm sein, Euer Gnaden!» (Er sprach es aus wie «Ahm».)

«Ein Arm, du Schwachkopf? Hast du schon mal einen so großen Arm gesehen? Der füllt ja das ganze Fenster aus!»

«Das wird wohl so sein, Euer Gnaden, aber was'n Arm is, is'n Arm.»

«Auf jeden Fall hat der Arm hier nichts zu suchen. Sieh zu, daß du ihn wegschaffst!»

Darauf herrschte Stille, Alice konnte nur ab und zu ein Flüstern hören, etwa: «Also nee, Euer Gnaden, da bin ich nich für zu haben!» – «Tu, was ich dir sage, du Feigling!» – und schließlich bewegte sie noch einmal die Hand und griff in die Luft. Diesmal folgten *zwei* spitze Schreie und wiederum lautes Klirren. «Hier muß es eine Menge Frühbeete geben», dachte Alice. «Mal sehen, was sie als nächstes unternehmen. Wenn sie mich aus dem Fenster zerren wollen, wäre mir das nur recht. Ich hab schließlich keine Lust, hier noch ewig zu liegen!»

Alice wartete ab, aber eine ganze Zeit lang rührte sich nichts. Dann hörte sie das Rumpeln kleiner Wagenräder und ein Gewirr von Stimmen. Ab und zu verstand sie ein paar Worte: «Wo isn die andere Leiter? – Wieso, ich denk, ich soll bloß eine holen. Bill hat die andere. Bill! Hier rüber damit, mein Junge! – Stell sie mal hier an der Ecke auf – Nee, erst mal mußt du sie zusammenbinden – so wird das nix – I wo, die reichen dicke. Mecker nich immer so rum – Hier, Bill, das Seil – fang auf! – Wenn das Dach man hält – Paß auf, da is 'ne lose Dachpfanne – Auhauerha, da fällt sie! Runter mit den Köppen! (Lautes Krachen) – Wer warn das? – Bill, schätz ich mal – Wer steigt denn nun durchn Schornstein? – Nee, ich nich. Das kannst du selber machen! – Kommt nicht in die Tüte! – Bill muß da runter – Jo, Bill, der Meister sagt, du sollst da runter durchn Schornstein!»

«Aha, Bill muß also durch den Schornstein», sagte Alice zu sich selbst. «Sieht ganz so aus, als bliebe immer alles an diesem Bill hängen! Ich möchte jedenfalls nicht mit Bill tauschen. Der Schornstein ist ziemlich eng, aber ich glaube, ich kann ihm trotzdem einen kleinen Tritt verpassen!»

Sie zog das Bein so weit aus dem Schornstein zurück, wie sie konnte, und wartete, bis sie ein kleines Tier (was für eins es genau war, konnte sie nicht feststellen) über sich kratzen und scharren hörte. «Das ist Bill!» sagte sie sich, trat einmal kräftig zu und wartete ab, was geschehen würde.

Als erstes hörte sie einen vielstimmigen Schrei: «Da oben fliegt Bill!» Dann folgte die Stimme des Kaninchens: «Fangt ihn auf, da drüben an der Hecke!» Darauf herrschte Schweigen, bevor wieder mehrere Stimmen durcheinander sprachen: «Halt ihm den Kopp hoch – Er braucht 'n Schnaps – Paß auf, daß er sich nich verschluckt – Na, wie war's, Alter? Was is passiert? Los, sag schon!»

Schließlich folgte ein schwaches Stimmchen («Das muß Bill sein», dachte Alice): «Keine Ahnung... danke, das is genug; ich bin schon wieder aufm Damm... noch'n bißchen durchn Wind... ich weiß bloß noch, daß irgendwas von unterwärts hochgeschossen is wie 'ne Sprungfeder, und ich saus nach oben wie 'ne Rakete!»

«Kannst wohl sagen, Alter!» bestätigten die anderen.

«Wir müssen das Haus niederbrennen!» sagte die Stimme des Kaninchens. Worauf Alice so laut sie konnte rief: «Wenn ihr das tut, dann hetz ich Dina auf euch!»

Sofort war es totenstill, und Alice dachte: «Was sie wohl als nächstes tun werden? Wenn sie nur ein bißchen Grips haben, tragen sie das Dach ab.» Nach ein paar Minuten bewegte sich draußen wieder etwas, und Alice hörte das Kaninchen sagen: «Eine Schubkarre voll wird fürs erste genügen.»

«Eine Schubkarre voll mit *was*?» überlegte Alice. Auf die Antwort mußte sie nicht lange warten, denn einen Augenblick später hagelte es kleine Kieselsteine durch das Fenster, und ein paar davon trafen sie im Gesicht. «Das reicht», sagte sie sich und schrie: «Macht das nicht noch einmal!» Wieder herrschte Stille.

Verblüfft bemerkte Alice, daß die Kieselsteine sich in

lauter kleine Kuchen verwandelten, sobald sie auf den Boden fielen, und sie hatte eine phantastische Idee: «Wenn ich einen dieser Kuchen esse», überlegte sie, «wird sich meine Größe irgendwie verändern, soviel ist sicher. Und weil ich jetzt unmöglich noch größer werden kann, werde ich wohl schrumpfen.»

Also aß sie einen der Kuchen und fühlte erleichtert, wie sie sofort zusammenschrumpfte. Sobald sie klein genug war, um durch die Tür zu kommen, lief sie hinaus und traf auf eine Schar kleiner Vierbeiner und Vögel, die vor dem Haus warteten. Die arme kleine Eidechse stand in der Mitte, gestützt von zwei Meerschweinchen, die Bill eine Flasche an die Lippen hielten. Als Alice aus dem Haus kam, wollten sich alle sofort auf sie stürzen, aber sie rannte davon, so schnell sie konnte, erreichte bald einen dichten Wald und war in Sicherheit.

«Als erstes muß ich wieder meine richtige Größe bekommen», dachte Alice, während sie im Wald umherging. «Und dann muß ich den Weg in den wunderschönen Garten finden. Ja, so werde ich es machen.»

Das klang zweifellos nach einem fabelhaften Plan, einfach und wohlüberlegt. Das einzige Problem war, daß sie nicht die geringste Ahnung hatte, wie sie ihn ausführen sollte. Ängstlich spähte sie zwischen den Bäumen hindurch, als über ihr plötzlich ein kurzes, scharfes Bellen ertönte. Erschrocken hob Alice den Kopf. Ein mächtiger Welpe sah mit riesigen runden Augen auf sie herunter und streckte ihr zögernd eine Pfote hin. «Armes kleines Hundchen!» sagte Alice sanft und versuchte angestrengt, dem Hund zu pfeifen, aber sie hatte schreckliche Angst, er könnte hungrig sein. Dann würde er sie wahrscheinlich einfach verspeisen, und wenn sie noch so sanft mit ihm sprach.

Ohne lange zu überlegen, hob sie einen kleinen Stock auf und hielt ihn dem Hund hin. Er machte einen Luftsprung, kläffte vor Vergnügen, stürzte sich auf den Stock und wollte spielen. Rasch sprang Alice hinter eine große Distel, damit der Hund sie nicht über den Haufen rannte. Sobald sie wieder hervorkam, schnappte der Hund aufs neue nach dem Stock und überschlug sich beinahe vor Begeisterung. Alice kam es vor, als spiele sie mit einem Kutschpferd; sie mußte jeden Augenblick damit rechnen, zertrampelt zu werden. Sie lief wieder hinter die Distel, und der Hund setzte alles daran, an den Stock zu kommen: Er rannte immer wieder ein kleines Stück auf sie zu, dann eine lange Strecke zurück und kläffte dabei heiser, bis er schließlich in einiger Entfernung erschöpft sitzenblieb, mit hängender Zunge und halb geschlossenen Augen.

Alice hielt dies für eine gute Gelegenheit zur Flucht. Sie rannte los und lief weiter und weiter, bis sie nicht mehr konnte und völlig außer Atem war. Das Kläffen des Hundes war nur noch schwach aus der Ferne zu hören.

«Trotzdem war es ein niedlicher kleiner Welpe!» sagte Alice, erschöpft an eine Butterblume gelehnt, und fächelte sich mit einem Blatt Luft zu. «Ich hätte ihm gern ein paar Kunststücke beigebracht, wenn… wenn ich groß genug wäre! Ich muß unbedingt wieder wachsen, das hätte ich fast vergessen! Mal sehen – wie könnte ich das anstellen? Wahrscheinlich sollte ich am besten irgend etwas essen oder trinken, die Frage ist nur: Was?»

Ja, das war die Frage. Alice sah sich zwischen den Gräsern und Blumen um, doch ihr fiel nichts auf, was sie hätte essen oder trinken können. Neben ihr wuchs ein riesiger Pilz, ungefähr so groß wie sie selbst. Sie schaute sich darunter um, rechts davon, links, zuletzt dahinter, und schließlich fiel ihr ein, daß sie eigentlich auch noch obendrauf nachsehen könnte.

Sie stellte sich auf die Zehenspitzen und spähte über den Rand, direkt in die Augen einer großen blauen Raupe, die mit verschränkten Armen auf dem Pilzhut saß, in aller Ruhe eine lange Wasserpfeife rauchte und weder von Alice noch irgend etwas anderem die geringste Notiz nahm.

5

Ratschläge einer Raupe

Alice und die Raupe sahen sich eine Weile stumm an. Schließlich nahm die Raupe ihre Wasserpfeife aus dem Mund und fragte mit träger, schläfriger Stimme: «Wer bist denn *du*?»

Das war kein besonders ermutigender Auftakt für eine Unterhaltung. Ein wenig schüchtern sagte Alice: «Ich… ich weiß es selbst eigentlich nicht so genau, jedenfalls im Augenblick… also, ich weiß, wer ich *war*, als ich heute morgen aufgestanden bin, aber seitdem bin ich wohl ein paarmal verwandelt worden.»

«Was meinst du damit?» fragte die Raupe streng. «Erkläre dich genauer!»

«Ich kann mich nicht genauer erklären, fürchte ich», sagte Alice, «denn ich bin eben nicht mehr *ich*, verstehen Sie?»

«Nein, ich verstehe nicht», sagte die Raupe.

«Leider kann ich mich nicht klarer ausdrücken», sagte Alice sehr höflich, «denn ich begreife es ja selbst nicht, und außerdem bringt es einen ganz durcheinander, wenn man am selben Tag so oft die Größe ändert.»

«Keineswegs», sagte die Raupe.

«Nun, vielleicht ist es Ihnen noch nie so gegangen», sagte Alice, «aber wenn Sie sich verpuppen – und das werden Sie eines Tages tun, wissen Sie – und dann zu einem Schmetterling werden, kommen Sie sich bestimmt auch ein bißchen komisch vor, meinen Sie nicht?»

«Nicht im geringsten», sagte die Raupe.

«Na ja, vielleicht sehen *Sie* das anders», sagte Alice. «*Mir* jedenfalls würde es ausgesprochen komisch vorkommen.»

«Dir!» sagte die Raupe geringschätzig. «Wer bist du überhaupt?»

Womit sie wieder am Anfang ihrer Unterhaltung angelangt waren. Alice ärgerte sich über die äußerst kurz angebundene Art der Raupe. Sie richtete sich kerzengerade auf und sagte sehr förmlich: «Ich finde, Sie sollten mir zuerst einmal sagen, wer *Sie* sind.»

«Warum?» fragte die Raupe.

Wieder eine verwirrende Frage. Alice fiel keine passende Begründung ein; außerdem wirkte die Raupe ausgesprochen übellaunig, also wandte sie sich zum Gehen.

«Komm zurück!» rief die Raupe ihr nach. «Ich hab dir was Wichtiges zu sagen!»

Das klang vielversprechend. Alice machte kehrt und kam zurück.

«Immer ruhig Blut», sagte die Raupe.

«Ist das alles?» Alice versuchte ihren Ärger herunterzuschlucken.

«Nein», sagte die Raupe.

Alice fand, sie könnte ebensogut abwarten; schließlich hatte sie nichts Besseres zu tun, und vielleicht bekam

sie doch noch etwas Interessantes zu hören. Die Raupe blieb einige Minuten schweigend sitzen und paffte, doch schließlich nahm sie die Pfeife aus dem Mund und sagte: «Du glaubst also, daß du verwandelt worden bist, ja?»

«Ich fürchte, so ist es», sagte Alice. «Ich habe alles mögliche vergessen, was ich früher wußte – und ich werde ungefähr alle zehn Minuten größer oder kleiner!»

«*Was* hast du vergessen?» fragte die Raupe.

«Also, zum Beispiel hab ich versucht, ‹Der Fischer› aufzusagen, aber die Worte kamen ganz anders heraus als sonst», sagte Alice bedrückt.

«Sag mal ‹Die gar traurige Geschichte mit dem Feuerzeug› auf», befahl die Raupe.

Alice faltete die Hände und begann:

> «Paulinchen war allein zu Haus,
> die Eltern waren beide aus.
> Als erstes sie durchs Zimmer sprang,
> juchhu! An Mutters Kleiderschrank,
> da hing etwas aus Musselin,
> das war fürwahr hübsch anzusehn.
> ‹Ei›, sprach sie, ‹ei, wie schön und fein!
> Das muß was ziemlich Teures sein.
> Das zieh ich mir jetzt erst mal an,
> dann geh ich raus und spiel im Schlamm.›

Und Minz und Maunz, die Katzen,
erheben ihre Tatzen.
‹Nicht lang herumgesessen,
wir brauchen was zu fressen!
Miau! Mio! Miau! Mio!
Das Dosenfutter macht nicht froh!›

Paulinchen hört die Katzen nicht,
weil sie in Nachbars Garten kriecht.
Dort blühn gar zierlich die Rabatten,
und kleine Zwerge stehn im Schatten.
Paulinchen ruft nur: ‹Teufelswerk!›,
dann steckt ein Dolch im Gartenzwerg.

Und Minz und Maunz, die Katzen,
die reiben sich die Tatzen.
Minz legt sich auf die Lauer,
direkt vorm Vogelbauer.
Mio! Miau! Mio! Miau!
Der Papagei macht schon Radau.

Paulinchen hat ganz ungeniert
die Zimmerwand neu dekoriert.
Gelobt des Papas Sammelwut!
Die bunten Marken kleben gut.

Und Minz und Maunz, die schreiten
ganz ohne Schwierigkeiten
zur Tat, und alles geht geschwind,
drei Federn nur noch übrig sind.
Miau! Mio! Miau! Mio!
Der Rest ist weg, wir wissen, wo.

Paulinchen hat im Zirkus Steen
schon mal einen Jongleur gesehn.
Mit Mamas schönen Meißner Tassen
wird es sich herrlich üben lassen.

Und Minz und Maunz, die kleinen
sind mit der Welt im reinen.
Mio! Miau! Mio! Miau!
Der Tag ist schön, die Luft ist lau;
sie gehn auf leisen Pfoten,
den Fischteich auszuloten.»

«Das war nicht richtig gesagt», stellte die Raupe
fest.
«Nicht *ganz* richtig, fürchte ich», sagte Alice zaghaft,
«ein paar Wörter sind anders geraten.»
«Es war falsch. Vom Anfang bis zum Ende», sagte die

Raupe entschieden, und dann herrschte einige Minuten lang Schweigen.

Die Raupe sprach zuerst wieder.

«Wie groß wärst du denn gern?» fragte sie.

«Ach, auf den Zentimeter kommt es mir nicht an», erwiderte Alice rasch. «Es ist nur etwas unangenehm, wenn man die Größe so oft wechselt, verstehen Sie?»

«Ich verstehe nicht», sagte die Raupe.

Alice schwieg. Nie zuvor hatte ihr jemand so hartnäckig widersprochen, und allmählich verlor sie die Geduld.

«Bist du jetzt zufrieden?» fragte die Raupe.

«Nun, ich wär gern ein *kleines* Stückchen größer, wenn es Ihnen nichts ausmachen würde», sagte Alice. «Siebeneinhalb Zentimeter ist wirklich eine lächerliche Größe.»

«Es ist eine sehr gute Größe!» sagte die Raupe zornig und richtete sich kerzengerade auf (sie war nämlich genau siebeneinhalb Zentimeter groß.)

«Aber für mich ist sie sehr ungewohnt», sagte die arme Alice kläglich und dachte bei sich: «Wenn diese Geschöpfe doch bloß nicht immer gleich beleidigt wären!»

«Du wirst dich mit der Zeit daran gewöhnen», sagte die Raupe, steckte die Wasserpfeife wieder in den Mund und paffte.

Diesmal wartete Alice geduldig, bis ihr Gegenüber wieder zu sprechen geruhte. Nach einer Weile setzte die Raupe ihre Pfeife ab, gähnte ein- oder zweimal und schüttelte sich. Dann kroch sie vom Pilz herunter und durch das Gras davon, wobei sie nebenher bemerkte: «Die eine Seite macht dich größer, die andere Seite macht dich kleiner.»

«Die eine Seite *wovon?* Die andere Seite *wovon?*» überlegte Alice angestrengt.

«Von dem Pilz», sagte die Raupe, als hätte Alice die Frage laut gestellt, und dann war sie verschwunden.

Alice blieb stehen und schaute den Pilz eine ganze Weile nachdenklich an. Sie versuchte herauszufinden, welches die eine und welches die andere Seite sein könnte, aber weil der Pilz vollkommen rund war, schien ihr diese Frage sehr schwierig. Schließlich umfaßte sie den Pilz mit beiden Armen, so weit sie konnte, und brach mit jeder Hand ein Stück vom Rand ab.

«Und was ist nun was?» fragte sie sich und biß probehalber etwas von dem Stück in ihrer rechten Hand ab. Im nächsten Augenblick bekam sie einen kräftigen Kinnhaken: Sie war mit dem Kinn auf die Füße geprallt.

Alice erschrak furchtbar, sie schrumpfte rasend schnell, deshalb durfte sie keine Minute verlieren. Hastig aß sie etwas von dem anderen Stück. Ihr Kinn drückte so auf die Füße, daß sie kaum noch kauen konnte, doch schließlich schaffte sie es, ein Bröckchen von dem Stück aus der linken Hand hinunterzuschlukken.

«Na, endlich kann ich den Kopf wieder bewegen!» seufzte Alice erleichtert. Doch ihr Glücksgefühl verwandelte sich in Schrecken, als sie merkte, daß ihre Schultern nirgends zu sehen waren. Als sie an sich hinunterschaute, sah sie nur einen unendlich langen Hals, der wie ein Stengel aus dem Meer grüner Blätter weit unter ihr aufragte.

«Was ist das bloß für ein Haufen Grünzeug da unten?» sagte Alice. «Und wo sind meine Schultern geblieben? Und meine armen Hände, wieso kann ich euch nicht mehr sehen?» Sie bewegte die Hände, während sie sprach, doch außer einem leichten Zittern der weit entfernten Blätter geschah rein gar nichts.

Da sie mit den Händen anscheinend nicht zu ihrem Kopf heraufreichen konnte, versuchte sie, den Kopf zu den Händen zu neigen, und merkte zu ihrer Freude, daß sie den Hals ganz leicht in alle Richtungen biegen konnte, wie eine Schlange. Gerade hatte sie den Kopf mit einer eleganten Zickzack-Halskurve weit nach unten gebeugt und wollte mit der Nase ins Grün tauchen – das übrigens aus den Baumwipfeln bestand, unter denen sie umhergewandert war –, als sie ein scharfes Zischen zurückschrecken ließ: Eine große Taube war ihr ins Gesicht geflogen und schlug heftig mit den Flügeln auf sie ein.

«Schlange!» kreischte die Taube.

«Ich bin keine Schlange», sagte Alice gekränkt. «Laß mich in Frieden!»

«Schlange, und noch mal: Schlange!» wiederholte die

Taube, allerdings in etwas gedämpfterem Ton. Es klang fast wie ein Schluchzen, als sie hinzufügte: «Ich hab alles versucht; man kann es ihnen einfach nicht recht machen!»

«Ich habe nicht die geringste Ahnung, wovon du redest», sagte Alice.

«Ich hab's in Baumwurzeln versucht, an Flußufern und in Hecken», fuhr die Taube fort, ohne auf Alice zu hören, «aber diese Schlangen! Wie man's macht, ist es falsch!»

Alice war zusehends verwirrter, aber sie dachte sich, daß es wohl wenig Sinn hätte, etwas zu sagen, bevor die Taube sich ausgesprochen hatte.

«Als ob man nicht schon genug damit zu tun hätte, die Eier auszubrüten», sagte die Taube, «nein, man muß auch noch dauernd auf Schlangen achten, Tag und Nacht! Ich habe in den letzten drei Wochen kein Auge zugetan!»

«Es tut mir leid, daß du so belästigt worden bist», sagte Alice, die allmählich verstand, worauf die Taube hinauswollte.

«Und jetzt, wo ich mir den höchsten Baum im ganzen Wald gesucht habe», fuhr die Taube mit schriller Stimme fort, «jetzt, wo ich glaubte, ich wäre endlich in Sicherheit, müssen sie vom Himmel heruntergekrochen kommen! Widerlich! Schlange!»

«Aber ich hab doch schon gesagt, ich bin keine Schlange», sagte Alice. «Ich bin… ich bin ein…»

«*Ja? Was* bist du?» fragte die Taube. «Ich merke genau, daß du dir gerade was ausdenkst!»

«Ich bin… ich bin ein kleines Mädchen», sagte Alice ohne rechte Überzeugung, denn sie dachte an die vielen Veränderungen, die sie an diesem Tage schon durchgemacht hatte.

«Sehr witzig», sagte die Taube verächtlich. «Ich habe in meinem Leben eine Menge kleiner Mädchen gesehen, aber noch kein einziges mit so einem Hals! Nein, nein! Du bist eine Schlange, das brauchst du gar nicht erst abzustreiten. Am Ende willst du mir noch erzählen, du hättest niemals ein Ei gegessen!»

«Natürlich habe ich Eier gegessen», sagte Alice, ehrlich, wie sie war, «aber kleine Mädchen essen genausooft Eier wie Schlangen, weißt du.»

«Das glaube ich nicht», sagte die Taube. «Und wenn es stimmt, dann kann ich nur sagen: Kleine Mädchen sind eben auch eine Art Schlangen.»

Das kam so überraschend für Alice, daß es ihr einen

Moment die Sprache verschlug. Die Taube nutzte die Gelegenheit und fügte hinzu: «Du bist auf Eier aus, soviel steht fest, und damit ist es mir auch egal, ob du eine Schlange bist oder ein kleines Mädchen.»

«Aber mir ist es nicht egal», sagte Alice schnell. «Zufällig bin ich gerade nicht auf Eier aus, und selbst wenn ich's wäre, würde ich deine nicht wollen. Ich mag nämlich keine rohen Eier.»

«Na, dann troll dich!» sagte die Taube verdrossen und setzte sich wieder auf ihr Nest. Alice duckte sich unter die Bäume. Das war nicht einfach, denn ihr Hals verhedderte sich immer wieder im Geäst, und sie mußte stehenbleiben und sich befreien. Nach einer Weile fiel ihr ein, daß sie ja immer noch die Pilzstückchen in den Händen hielt, und sie machte sich sehr vorsichtig daran, knabberte zuerst an dem einen, dann an dem anderen Stück, wuchs und schrumpfte abwechselnd ein bißchen, bis sie ihre normale Größe wieder erreicht hatte.

Es war lange her, daß sie auch nur annähernd die gewohnte Größe gehabt hatte, deshalb kam es ihr anfangs ganz komisch vor, aber schon nach ein paar Minuten gewöhnte sie sich daran und führte ihre alten Selbstgespräche: «Na also, damit wäre ja die erste Hälfte des Plans geschafft! Diese ständigen Verwandlungen bringen einen total durcheinander! Ich weiß nie, was im nächsten Augenblick aus mir werden wird! Also, jetzt habe ich meine richtige Größe wieder. Als nächstes möchte ich in den schönen Garten – wie mache ich das am besten?» Während sie noch überlegte, gelangte sie plötzlich auf eine Lichtung, in der ein kleines Haus stand, kaum mehr als einen Meter hoch. «Ich weiß nicht, wer da wohnt», dachte Alice, «aber wenn ich einfach hineingehe, so groß, wie ich jetzt bin, werden die Leute sich zu Tode erschrecken!» Also knabberte sie an dem Stück Pilz in ihrer rechten Hand und traute sich erst näher an das Haus heran, als sie nur noch zwanzig Zentimeter groß war.

6

Ferkel und Pfeffer

Alice blieb eine Weile vor dem Haus stehen und überlegte, was sie tun sollte, als plötzlich ein Diener in Livree aus dem Wald gelaufen kam (sie hielt ihn für einen Diener, weil er eine Livree trug; nach seinem Gesicht zu urteilen, sah er eher aus wie ein Fisch) und mit den Fingerknöcheln heftig an die Tür klopfte. Ein weiterer Diener in Livree öffnete. Er hatte ein breites Gesicht und Glotzaugen, ganz wie ein Frosch, und Alice fiel auf, daß beide Diener das Haar in gepuderten Locken trugen, die sich um ihre Köpfe kringelten. Sie hätte zu gern gewußt, was da wohl vorging, und schlich sich ein Stück aus dem Wald heraus, um zu lauschen.

Der Fisch-Diener eröffnete das Gespräch, indem er unter seinem Arm einen dicken Brief hervorzog, der fast so groß wie er selbst war, ihn dem anderen Diener reichte und dabei feierlich sagte: «Für die Herzogin. Eine Einladung zum Krocketspielen von der Königin.» Der Frosch-Diener wiederholte das Ganze ebenso feierlich, indem er nur die Reihenfolge der Wörter ein wenig veränderte: «Von der Königin. Eine Einladung für die Herzogin zum Krocketspielen.»

Darauf verneigten sich beide so tief, daß sich ihre Locken ineinander verfingen.

Alice mußte darüber so lachen, daß sie in den Wald zurücklief, damit die beiden sie nicht hörten. Als sie noch einmal durchs Gebüsch spähte, war der Fisch-Diener verschwunden. Der andere Diener saß vor der Tür auf dem Boden und starrte Löcher in die Luft. Zaghaft ging Alice auf die Tür zu und klopfte.

«Es hat überhaupt keinen Sinn, zu klopfen», sagte der Diener, «und zwar aus zwei Gründen: Erstens, weil ich auf derselben Seite der Tür bin wie du; zweitens, weil sie drinnen einen solchen Höllenlärm veranstalten, daß sie dich gar nicht hören können.» In der Tat waren aus dem Innern des Hauses sehr merkwürdige Geräusche zu hören – ein ständiges Heulen und Niesen, ab und zu unterbrochen von einem lauten Poltern, als hätte jemand eine Schüssel oder einen Topf zerschlagen.

«Bitte», sagte Alice, «wie soll ich denn dann hineinkommen?»

«Es könnte einen gewissen Sinn haben, zu klopfen», fuhr der Diener fort, ohne auf Alices Worte zu achten, «wenn wir die Tür zwischen uns hätten. Zum Beispiel könntest du klopfen, wenn du *drinnen* wärst, dann würde ich dich hinauslassen.» Er stierte immer noch in die Luft, während er sprach, was Alice außerordentlich unhöflich fand. «Vielleicht kann er nichts dafür», sagte sie sich, «seine Augen sitzen ja wirklich fast oben auf dem Kopf. Aber wenigstens könnte er auf eine Frage antworten. – Wie soll ich nun hineinkommen?» wiederholte sie laut.

«Ich bleibe hier sitzen», bemerkte der Diener, «bis morgen…»

In diesem Augenblick öffnete sich die Haustür, und ein großer Teller schoß heraus, genau auf den Kopf des Dieners zu. Der Teller streifte seine Nase und zerschellte dann hinter ihm an einem Baum. «…oder vielleicht auch bis übermorgen», fuhr der Diener fort, als sei nichts passiert.

«Wie soll ich nun hineinkommen?» fragte Alice noch einmal etwas lauter.

«*Sollst* du überhaupt hineinkommen?» fragte der Diener. «Das ist die erste Frage, weißt du.»

Das war natürlich richtig, aber Alice gefiel es nicht, daß sie belehrt wurde. «Es ist wirklich furchtbar», murmelte sie, «die Art dieser Wesen hier, einem dauernd zu widersprechen. Man könnte verrückt werden!»

Der Diener sah offenbar eine gute Gelegenheit, seine Worte – mit geringfügigen Variationen – zu wiederholen. «Ich bleibe hier sitzen», sagte er, «immer wieder, Tag für Tag.»

«Aber was soll *ich* machen?» fragte Alice.

«Was immer du willst», entgegnete der Diener und begann zu pfeifen.

«Ach, es hat keinen Zweck, mit ihm zu reden», sagte Alice verzweifelt, «das ist ja ein ausgemachter Idiot!» Und sie öffnete die Tür und trat ein.

Die Tür führte geradewegs in eine große, völlig verqualmte Küche. In der Mitte saß die Herzogin mit einem Baby im Arm auf einem dreibeinigen Schemel; die Köchin stand über den Herd gebeugt und rührte in einem riesigen Topf, in dem anscheinend eine Suppe kochte.

«In dieser Suppe ist eindeutig zuviel Pfeffer!» sagte Alice zu sich selbst, so gut sie das zwischen heftigem Niesen über die Lippen brachte.

Auf jeden Fall war zuviel Pfeffer in der *Luft*. Sogar die Herzogin nieste hin und wieder; und das Baby nieste und brüllte ohne Unterbrechung. Die einzigen beiden Wesen in der Küche, die nicht niesten, waren die Köchin und eine große Katze, die am Herd lag und von einem Ohr zum anderen grinste.

«Bitte, würden Sie mir sagen», begann Alice ein wenig schüchtern – sie war sich nicht sicher, ob es sich gehörte, daß sie als erste sprach –, «warum Ihre Katze so grinst?»

«Es ist eine Harzer Katze», sagte die Herzogin. «Deshalb. Ferkel!»

Das letzte Wort stieß sie so heftig hervor, daß Alice erschrak; doch dann merkte sie, daß nicht sie, sondern das Kind gemeint war. Also faßte sie sich ein Herz und fuhr fort:

«Ich wußte gar nicht, daß Harzer Katzen immerzu grinsen. Eigentlich wußte ich nicht einmal, daß Katzen überhaupt grinsen *können*.»

«Alle Katzen können das», sagte die Herzogin, «und die meisten tun es auch.»

«Ich weiß von keiner, die es tut», sagte Alice äußerst höflich. Sie war froh, mit der Herzogin so schnell ins Gespräch zu kommen.

«Du weißt nicht viel», sagte die Herzogin, «soviel steht fest.»

Alice mißfiel der Ton dieser Bemerkung, und sie dachte über ein anderes Gesprächsthema nach. Während sie überlegte, nahm die Köchin den Suppentopf vom Feuer und begann gleich darauf, sämtliche Gegenstände in Reichweite nach der Herzogin und dem Baby zu werfen – zuerst kamen die Schürhaken, dann prasselte ein Schauer von Töpfen, Tellern und Schüsseln nieder. Die Herzogin beachtete sie gar nicht, selbst dann nicht, wenn sie getroffen wurde, und das Baby brüllte ohnehin so durchdringend, daß man unmöglich sagen konnte, ob ihm die Wurfgeschosse weh taten oder nicht.

«Oh, bitte passen Sie doch auf!» rief Alice, die entsetzt auf und ab sprang. «O je, doch nicht auf seine *niedliche* kleine Nase!», als ein gewaltiger Suppentopf dicht daran vorbeiflog und sie beinahe abgerissen hätte.

«Wenn jeder sich um seine eigenen Angelegenheiten kümmern wollte», knurrte die Herzogin, «würde sich die Welt ein ganzes Stück schneller drehen.»

«Was durchaus *kein* Vorteil wäre», sagte Alice, die sich über die Gelegenheit freute, zu zeigen, was sie wußte. «Überlegen Sie nur, was dann mit Tag und Nacht passieren würde! Wissen Sie, die Erde braucht nämlich vierundzwanzig Stunden, um sich einmal um die eigene Achse zu drehen…»

«Wo wir gerade von Axt sprechen», unterbrach die Herzogin, «schlag ihr den Kopf ab!»

Alice sah sich ängstlich um, ob die Köchin der Aufforderung Folge leistete, doch die rührte emsig in der Suppe und hörte offenbar nicht zu, deshalb fuhr Alice fort: «Vierundzwanzig Stunden, jedenfalls glaube ich das, oder waren es zwölf? Ich…»

«Laß mich bloß damit in Ruhe!» sagte die Herzogin. «Ich konnte Zahlen noch nie ausstehen!» Damit wandte sie sich wieder dem Baby zu und begann eine Art Schlaflied zu singen, wobei sie das Kind am Ende eines jeden Verses kräftig schüttelte:

> «Schlage dein Prinzchen, hau rein,
> was fällt dem Balg denn wohl ein?
> Es niest ja bloß so zum Spaß,

weil es weiß, das ärgert dich schwarz.»
REFRAIN (in den die Köchin und
  das Baby einfielen):
«Wau! Wau! Wau!»

Während die Herzogin die zweite Strophe des Liedes
sang, schleuderte sie das Baby heftig auf und nieder.
Das arme kleine Ding brüllte so laut, daß Alice kaum
die Worte verstand:

  «Ich hau dem Prinzchen eins rein,
  so'n Blödsinn muß doch nicht sein.
  Es mag nämlich Pfeffer sonst sehr,
  es foppt uns, das störrische Gör!»
  REFRAIN:
  «Wau! Wau! Wau!»

«Hier! Du kannst es ein bißchen halten, wenn du
magst!» sagte die Herzogin zu Alice und warf ihr das
Baby zu. «Ich muß mich zurechtmachen für das Krok-
ketspiel bei der Königin.» Damit war sie auch schon
aus dem Zimmer. Die Köchin warf eine Bratpfanne
nach ihr, traf jedoch knapp daneben.
Alice fing das Baby auf, was nicht ganz einfach war,
denn es handelte sich um ein recht merkwürdig ge-
wachsenes Geschöpf, das mit Armen und Beinen in
alle Richtungen fuchtelte. «Genau wie ein Seestern»,
dachte Alice. Das arme kleine Ding schnaufte wie eine
Dampfmaschine, als sie es fing, rollte sich zusammen

und streckte sich wieder, so daß Alice eine ganze Weile damit zu tun hatte, es überhaupt festzuhalten.

Sobald sie herausgefunden hatte, wie man das Baby am besten im Arm hielt (man mußte es zu einer Art Knoten winden und dann am rechten Ohr und am linken Fuß festhalten, damit es sich nicht selbst wieder entknotete), trug sie es hinaus an die frische Luft. «Wenn ich dieses Kind nicht mitnehme», dachte Alice, «haben sie es in ein oder zwei Tagen umgebracht. Wäre es nicht glatter Mord, wenn ich es hier zurückließe?» Die letzten Worte sagte sie laut, und das kleine Wesen gab zur Antwort ein Grunzen von sich (inzwischen nieste es nicht mehr). «Grunz nicht», sagte Alice. «Das ist keine Art, sich auszudrücken.»

Das Baby grunzte von neuem, und Alice sah ihm ängstlich ins Gesicht, um herauszufinden, was es wollte. Kein Zweifel: es hatte eine kräftige Himmelfahrtsnase, eigentlich eher einen Rüssel als eine Nase; auch wirkten seine Augen für ein Baby ungewöhnlich klein – Alice gefiel das alles überhaupt nicht. «Vielleicht hat es nur geschluchzt», dachte sie, und sah ihm in die Augen, um festzustellen, ob es weinte. Nein, es waren keine Tränen zu sehen. «Wenn du dich in ein Ferkel verwandeln willst, liebes Kind», sagte Alice ernsthaft, «will ich nichts mehr mit dir zu tun haben. Also nimm dich in acht!» Das arme kleine Ding schluchzte wieder (oder grunzte, das konnte man unmöglich sagen), und eine Weile gingen sie schweigend weiter.

Alice überlegte gerade: «Was soll ich mit dieser Kreatur anfangen, wenn ich nach Hause komme?», als es wiederum grunzte, so heftig, daß Alice ihm erschrokken ins Gesicht schaute. Diesmal gab es nicht den leisesten Zweifel: Es war ein Ferkel, nicht mehr und nicht weniger, und Alice fand, es wäre ziemlich albern, das Tier noch weiter mit herumzuschleppen.

Also setzte sie es auf den Boden und war sehr erleichtert, als das Ferkel friedlich in den Wald davontrottete. «Später», sagte sie sich, «wäre es ein furchtbar häßliches Kind geworden; aber als Ferkel ist es eigentlich ganz hübsch, finde ich.» Sie dachte an alle Kinder, die sie kannte, und überlegte, wer von ihnen als Ferkel hübsch aussähe. Gerade murmelte sie vor sich hin: «Wenn man bloß wüßte, wie man sie verwandeln könnte…», als sie ziemlich erschrak: Nur wenige Meter vor ihr entdeckte sie auf einmal die Harzer Katze auf dem Ast eines Baumes.

Die Katze grinste, als sie Alice sah. Alice fand, sie sehe gutmütig aus; allerdings hatte sie *sehr* lange Krallen und ziemlich viele Zähne, also behandelte man sie wohl besser mit gewissem Respekt.

«Harzer Mieze», begann Alice recht zaghaft, denn sie wußte ja nicht, ob der Katze dieser Name gefiel. Die Katze grinste lediglich ein bißchen breiter. «Aha, soweit ist sie zufrieden», dachte Alice und fuhr fort: «Würdest du mir bitte sagen, wie ich von hier aus am besten weitergehe?»

«Das hängt sehr davon ab, wo du hinwillst.»

«Eigentlich ist es mir ziemlich egal…» sagte Alice.

«Dann ist es gleichgültig, wie du weitergehst», sagte die Katze.

«… solange ich nur *irgendwo* hinkomme», fügte Alice erläuternd hinzu.

«Oh, das wirst du sicher», sagte die Katze, «wenn du nur lange genug gehen kannst.»

Alice fand, daß dagegen schwer etwas einzuwenden war, also versuchte sie es mit einer anderen Frage. «Was für Leute wohnen denn hier?»

«In *der* Richtung», sagte die Katze und schwenkte die rechte Pfote, «wohnt ein Hutmacher; und in *der* Richtung» – sie schwenkte die linke Pfote – «wohnt ein Märzhase. Du kannst dir aussuchen, wen du besuchen willst; sie sind beide verrückt.»

«Aber ich will doch nicht unter Verrückte gehen», bemerkte Alice.

«Das kannst du gar nicht vermeiden», sagte die Katze. «Wir sind hier alle verrückt. Ich bin verrückt; du bist verrückt.»

«Woher weißt du, daß ich verrückt bin?» fragte Alice.

«Du mußt verrückt sein», sagte die Katze, «sonst wärst du nicht hierhergekommen.»

Alice hielt das nicht für einen hinlänglichen Beweis, trotzdem fuhr sie fort: «Und woher weißt du, daß du verrückt bist?»

«Zunächst einmal», sagte die Katze, «ist ein Hund nicht verrückt. Gestehst du das zu?»

«Ich denke schon», sagte Alice.

«Gut», sagte die Katze. «Siehst du, ein Hund knurrt, wenn er wütend ist, und wedelt mit dem Schwanz, wenn er sich freut. Ich dagegen knurre, wenn ich mich freue, und wedele mit dem Schwanz, wenn ich wütend bin. Also bin ich verrückt.»

«Ich würde es schnurren nennen, nicht knurren», sagte Alice.

«Nenn es, wie du willst», sagte die Katze. «Spielst du heute mit der Königin Krocket?»

«Das würde ich sehr gern tun», sagte Alice, «aber ich habe noch keine Einladung.»

«Wir sehen uns dort», sagte die Katze und verschwand.

Alice war nicht sonderlich überrascht; allmählich

hatte sie sich an merkwürdige Begebenheiten ge-wöhnt. Während sie noch auf die Stelle schaute, an der die Katze verschwunden war, erschien diese plötzlich wieder.

«Übrigens, was ist aus dem Baby geworden?» erkun-digte sie sich. «Fast hätte ich vergessen zu fragen.»

«Es hat sich in ein Schweinchen verwandelt», sagte Alice ruhig, als sei die Katze auf vollkommen natür-liche Weise zurückgekehrt.

«Das habe ich kommen sehen», sagte die Katze und verschwand wieder.

Alice blieb noch eine Weile stehen, weil sie halb damit rechnete, die Katze noch einmal zu sehen. Doch als sich nach einigen Minuten nichts gerührt hatte, machte sie sich in die Richtung auf, wo angeblich der Märzhase wohnte. «Hutmacher hab ich schon gesehen», sagte sie sich, «der Märzhase ist bestimmt der Interessan-tere von beiden, außerdem haben wir bereits Mai, viel-leicht ist er dann nicht mehr ganz so verrückt wie im März.»

Während sie das sagte, schaute sie auf, und da war die Katze wieder. Sie saß auf dem Ast eines Baumes.

«Sagtest du eben ‹Schweinchen› oder ‹Steinchen›?» fragte die Katze.

«Ich sagte ‹Schweinchen›», entgegnete Alice, «und ich wäre dir dankbar, wenn du nicht dauernd so schnell verschwinden und wiederauftauchen würdest. Das macht einen ja ganz schwindlig!»

«In Ordnung», sagte die Katze, und diesmal verschwand sie ganz langsam, zuerst das Schwanzende und zum Schluß das Grinsen, das noch einen Augenblick in der Luft hing, als der Rest schon nicht mehr zu sehen war.

«Also so was! Ich hab ja schon häufig eine Katze ohne Grinsen gesehen», dachte Alice, «aber ein Grinsen ohne Katze! Das ist wirklich das Kurioseste, was mir in meinem ganzen Leben begegnet ist!»

Sie war noch nicht lange gegangen, als sie das Haus des Märzhasen entdeckte. Alice dachte, es müsse das richtige Haus sein, weil die Schornsteine die Form von Ohren hatten und das Dach mit Fell gedeckt war. Das Haus war so riesig, daß sie sich nicht näher herantraute, bevor sie ein wenig von dem Pilzstück in der linken Hand abgebissen hatte und wenigstens etwas über einen halben Meter groß war. Trotz allem fürchtete sie sich noch ein wenig, als sie auf das Haus zuging, und murmelte: «Und wenn er nun doch komplett verrückt ist? Ich wünschte fast, ich wäre zu dem Hutmacher gegangen!»

7

Eine verrückte Teegesellschaft

Unter einem Baum vor dem Haus stand ein ge-
deckter Tisch, an dem der Märzhase und der
Hutmacher saßen und Tee tranken. Zwischen ihnen
saß eine Schlafmaus und ratzte. Die beiden anderen
benutzten sie als Kissen, stützten die Ellenbogen auf
sie und unterhielten sich über ihren Kopf hinweg.
«Äußerst unbequem für die Schlafmaus», dachte
Alice; «aber sie schläft ja, deshalb merkt sie es wahrscheinlich gar nicht.»
Obwohl der Tisch sehr groß war, saßen die drei eng
aneinandergedrängt in einer Ecke zusammen. Sobald
sie Alice bemerkten, riefen sie: «Alles besetzt! Alles
besetzt!»
«Hier sind doch überall noch Plätze frei!» sagte Alice
und setzte sich in einen Sessel am Tischende.
«Wie wäre es mit einem Schluck Wein?» fragte der
Märzhase zuvorkommend.
Alice schaute sich auf dem Tisch um, doch da stand nur
eine Teekanne. «Ich sehe keinen Wein», bemerkte sie.
«Es gibt auch keinen», sagte der Märzhase.
«Dann war es nicht besonders höflich von dir, mir wel-
chen anzubieten», erwiderte Alice verärgert.
«Es war auch nicht besonders höflich von dir, dich un-
aufgefordert zu uns zu setzen», sagte der Märzhase.

«Ich wußte nicht, daß das *euer* Tisch ist», sagte Alice. «Er ist für viel mehr als drei Personen gedeckt.»

«Du solltest dir mal die Haare schneiden lassen», sagte der Hutmacher. Er hatte Alice schon eine ganze Weile neugierig angesehen und sagte jetzt zum erstenmal etwas.

«Du solltest nicht so persönlich werden», antwortete Alice streng. «Das ist ausgesprochen taktlos.»

Der Hutmacher riß die Augen auf, als er das hörte, aber alles, was er *sagte*, war: «Was haben ein Rabe und ein Schreibtisch gemeinsam?»

«Na also, nun scheint es ja doch ganz lustig zu werden», dachte Alice. «Gut, daß sie jetzt mit Rätselraten anfangen – ich glaube, das krieg ich raus», fügte sie laut hinzu.

«Meinst du damit, daß du glaubst, du kannst die richtige Antwort geben?» fragte der Marzhase.

«Genau», sagte Alice.

«Dann solltest du sagen, was du meinst», fuhr der Märzhase fort.

«Das tu ich ja», erwiderte Alice schnell; «wenigstens... wenigstens meine ich, was ich sage – das ist schließlich dasselbe.»

«Das ist keineswegs dasselbe!» sagte der Hutmacher. «Ebensogut könnte man sagen, ‹Ich sehe, was ich esse› sei dasselbe wie ‹Ich esse, was ich sehe›!»

«Ebensogut könnte man sagen», ergänzte der Märzhase, «‹Mir gefällt, was ich bekomme› sei dasselbe wie ‹Ich bekomme, was mir gefällt›!»

«Ebensogut könnte man sagen», ergänzte die Schlafmaus, die offenbar im Schlaf faselte, «‹Ich atme, wenn
ich schlafe› sei dasselbe wie ‹Ich schlafe, wenn ich
atme›!»

«Was *dich* angeht, ist es allerdings tatsächlich dasselbe», zischte der Hutmacher. An dieser Stelle ver-
siegte die Unterhaltung, und sie saßen eine Weile
schweigend da, während Alice angestrengt darüber
nachdachte, was sie von Raben und Schreibtischen
wußte. Es war nicht viel.

Der Hutmacher brach als erster das Schweigen. «Den
Wievielten haben wir heute?» fragte er Alice. Er hatte
eine Uhr aus der Tasche gezogen, die er verdrossen
anschaute, ein paarmal schüttelte und dann an sein
Ohr hielt.

Alice überlegte einen Moment und sagte dann: «Den
Vierten.»

«Sie geht zwei Tage nach!» seufzte der Hutmacher.
«Ich hab dir gleich gesagt, Butter macht das Uhrwerk
kaputt!» fügte er hinzu und sah den Märzhasen miß-
billigend an.

«Es war besonders *gute* Butter», erwiderte der Märzhase schuldbewußt.

«Schön und gut, aber es sind anscheinend ein paar
Krümel mit hineingeraten», murrte der Hutmacher.
«Warum mußtest du auch das Brotmesser dazu neh-
men!»

Der Märzhase nahm die Uhr und schaute sie trübsin-
nig an. Dann tauchte er sie in seine Teetasse und be-

trachtete sie nachdenklich. Ihm fiel allerdings nichts Besseres ein als vorher: «Es war besonders *gute* Butter, wirklich», wiederholte er.

Alice schaute ihm neugierig über die Schulter. «Was für eine komische Uhr!» bemerkte sie. «Sie zeigt den Tag an, aber nicht die Uhrzeit!»

«Warum sollte sie auch?» brummte der Hutmacher. «Zeigt *deine* Uhr vielleicht an, welches Jahr gerade ist?»

«Natürlich nicht», sagte Alice rasch, «aber das kommt daher, daß wir so lange dasselbe Jahr haben.»

«Na, und mit *meiner* ist es genauso», sagte der Hutmacher.

Alice war vollkommen verwirrt. Die Bemerkung des Hutmachers ergab keinen Sinn, obwohl sie doch alle Wörter verstehen konnte und der Satz sich auch ganz vernünftig anhörte. «Ich verstehe nicht ganz», sagte sie so höflich wie möglich.

«Die Schlafmaus pennt schon wieder», sagte der Hutmacher und goß ihr ein wenig heißen Tee über die Nase.

Die Schlafmaus schüttelte unwillig den Kopf und sagte, ohne die Augen zu öffnen: «Versteht sich, versteht sich, genau das wollte ich auch sagen.»

Der Hutmacher wandte sich wieder an Alice: «Hast du das Rätsel schon gelöst?»

«Nein, ich geb's auf», entgegnete Alice. «Wie lautet die Lösung?»

«Keine blasse Ahnung», sagte der Hutmacher.

«Ich auch nicht», sagte der Märzhase.

Alice seufzte. «Ich finde, ihr könntet eure Zeit sinnvoller verbringen, als sie mit Rätseln zu verschwenden, auf die es keine Antwort gibt.»

«Wenn du mit Zeit so vertraut wärst wie ich», sagte der Hutmacher, «würdest du nicht davon sprechen, *sie* zu verschwenden. Es muß *ihn* heißen.»

«Ich verstehe nicht, was du meinst», entgegnete Alice.

«Das kann ich mir vorstellen», sagte der Hutmacher mit einer verächtlichen Kopfbewegung. «Wahrscheinlich hast du noch nie mit Zeit gesprochen!»

«Das mag sein», sagte Alice vorsichtig, «aber zu Hause weiß ich immer, was die Stunde geschlagen hat!»

«Aha! Das erklärt vieles», sagte der Hutmacher. «Schläge duldet er nicht. Aber wenn du ihn richtig zu nehmen weißt, kann er mit der Uhr alles anstellen, was du willst. Nehmen wir mal an, es wäre neun Uhr morgens und dein Unterricht würde gleich anfangen. Du brauchtest ihm lediglich ein paar Worte zuzuflüstern, und die Zeiger sausen nur so ums Zifferblatt herum. Im Nu ist es halb zwei, Zeit zum Mittagessen!»

(«Wenn es doch bloß schon soweit wäre», murmelte der Märzhase vor sich hin.)

«Das wäre wirklich wunderbar», sagte Alice nachdenklich; «allerdings – ich hätte dann ja noch gar keinen Hunger!»

«Zuerst vielleicht nicht», sagte der Hutmacher, «aber du könntest schließlich dafür sorgen, daß es so lange halb zwei bleibt, wie du willst.»

«Macht *ihr* es denn so?» fragte Alice.

Der Hutmacher schüttelte betrübt den Kopf. «Ich nicht!» erwiderte er. «Wir hatten letzten März einen Streit – kurz bevor *er* verrückt wurde…» (Er deutete mit seinem Teelöffel auf den Märzhasen.) «Es war auf einem großen Konzert bei der Herzkönigin. Ich mußte singen:

> ‹Die Mäuse wollten Hochzeit machen,
> sie quiekten überlaut –›

vielleicht kennst du das Lied?»

«Ich glaube, ich hab so was Ähnliches schon mal irgendwo gehört», sagte Alice.

«Es geht so weiter», fuhr der Hutmacher fort:

> «‹Die Fledermaus war Bräutigam,
> kam aber erst im Dunkeln an –
> fidirallala, fidirallala, fidiralla lala la!›»

Hier schüttelte sich die Schlafmaus und begann im Schlaf zu singen: «Fidirallala, fidirallala, fidirallala…», immer weiter. Die anderen mußten sie kneifen, damit sie aufhörte.

«Also, ich war kaum mit der ersten Strophe fertig», sagte der Hutmacher, «da brüllte die Königin: ‹Der schlägt bloß die Zeit tot! Kopf ab!›»

«Das ist ja furchtbar grausam!» rief Alice.

«Und seither», fuhr der Hutmacher traurig fort, «rührt er keinen Zeiger mehr für mich! Jetzt ist es immer sechs Uhr.»

Alice dämmerte plötzlich etwas. «Habt ihr deshalb diesen riesigen Tisch zum Tee gedeckt?» fragte sie.

«Genau», seufzte der Hutmacher. «Es ist immerzu Teezeit. Wir schaffen es nicht mal, zwischendurch abzuwaschen.»

«Dann rückt ihr immer von einem Gedeck zum nächsten?» fragte Alice.

«So ist es», sagte der Hutmacher, «wenn ein Gedeck benutzt ist, kommt das nächste dran.»

«Aber was geschieht, wenn ihr einmal um den Tisch herum seid?» erkundigte sich Alice.

«Reden wir von was anderem», unterbrach der Märzhase mit einem Gähnen. «Das ist doch sterbenslangweilig. Ich bin dafür, daß uns die junge Dame hier eine Geschichte erzählt.»

«Aber ich weiß leider keine», sagte Alice, ziemlich erschrocken über den Vorschlag.

«Dann muß die Schlafmaus erzählen!» riefen die beiden anderen wie aus einem Mund. «Wach auf, Schlafmaus!» Und sie knufften die Schlafmaus von beiden Seiten.

Die Schlafmaus öffnete träge die Augen. «Ich hab gar nicht geschlafen», sagte sie mit schwacher, heiserer Stimme. «Ich hab jedes Wort gehört, das ihr gesagt habt.»

«Erzähl uns eine Geschichte!» sagte der Märzhase.

«O ja, bitte!» bat Alice.

«Und beeil dich», fügte der Hutmacher hinzu, «sonst schläfst du wieder ein, bevor sie zu Ende ist.»

«Es waren einmal drei kleine Schwestern», begann die Schlafmaus hastig. «Sie hießen Elsi, Lilli und Tilli und wohnten in einer Mühle…»

«Wovon haben sie sich denn ernährt?» fragte Alice, die sich für alles, was mit Essen und Trinken zusammenhing, immer besonders interessierte.

«Sie ernährten sich von Sirup», sagte die Schlafmaus nach kurzem Überlegen.

«Das kann nicht sein», gab Alice vorsichtig zu bedenken. «Davon wäre ihnen doch schlecht geworden.»

«Ihnen war auch schlecht», sagte die Schlafmaus. «Sehr schlecht sogar.»

Alice versuchte sich vorzustellen, wie so ein eigenartiges Leben wohl wäre, doch diese Vorstellung war zu verwirrend, deshalb fuhr sie fort: «Aber warum wohnten sie ausgerechnet in einer Mühle?»

«Trink noch etwas Tee», sagte der Märzhase mit ernster Miene zu Alice.

«Bis jetzt hab ich keinen getrunken», sagte Alice gekränkt, «also kann ich nicht *noch etwas* trinken.»

«Du meinst, du kannst nicht noch *weniger* trinken», sagte der Hutmacher. «Etwas mehr als nichts zu trinken ist kinderleicht.»

«Dich hat keiner gefragt», sagte Alice.

«Wer wird jetzt persönlich?» fragte der Hutmacher triumphierend.

Darauf wußte Alice keine Antwort, deshalb nahm sie sich ein Butterbrot und wandte sich dann wieder der Schlafmaus zu. «Warum wohnten sie in einer Mühle?» wiederholte sie.

Die Schlafmaus dachte einen Augenblick nach und sagte dann: «Es war eine Sirupmühle.»

«So was gibt's überhaupt nicht!» begann Alice ärgerlich, aber der Hutmacher und der Märzhase machten «Pst! Pst!», und die Schlafmaus sagte beleidigt: «Wenn du dich nicht benehmen kannst, solltest du die Geschichte besser selbst zu Ende erzählen.»

«O nein, bitte erzähl weiter», sagte Alice zerknirscht. «Ich werde dich auch nicht mehr unterbrechen. Vielleicht gibt es tatsächlich irgendwo *eine* Sirupmühle.»

«Nur eine! Das ist ja lachhaft!» sagte die Schlafmaus verärgert. Immerhin setzte sie ihre Geschichte fort: «Also, diese drei kleinen Schwestern – sie lernten nämlich gerade Malen…»

«Womit haben sie denn angefangen?» fragte Alice, die ihr Versprechen vergessen hatte.

«Mit Sirup», sagte die Schlafmaus, diesmal ohne zu überlegen.

«Ich will eine saubere Tasse», unterbrach der Hutmacher. «Laßt uns alle einen Platz aufrücken.»

Während er das sagte, rückte er eins weiter, die Schlafmaus folgte ihm, der Märzhase kam auf den Platz der Schlafmaus, und Alice setzte sich lustlos auf den Stuhl des Märzhasen. Der Hutmacher hatte als einziger etwas von diesem Platzwechsel. Alice war sogar schlechter dran als vorher, weil der Märzhase gerade das Milchkännchen umgekippt hatte und einen bekleckerten Teller hinterließ.

Alice wollte die Schlafmaus nicht noch einmal vergrätzen, deshalb fragte sie vorsichtig: «Das verstehe ich nicht ganz. Wieso sollten sie denn Sirup malen?»
«Du kannst Getreide in einer Getreidemühle mahlen», sagte der Hutmacher, «also kann man in einer Sirupmühle Sirup mahlen, du Dusselchen.»
«Aber sie haben doch in der Mühle *gewohnt*?» sagte Alice, zur Schlafmaus gewandt, ohne die Bemerkung des Hutmachers zu beachten.

«Alle*mal*», sagte die Schlafmaus.

Diese Antwort stürzte die arme Alice in solche Verwirrung, daß sie der Schlafmaus eine ganze Weile lang zuhörte, ohne sie zu unterbrechen.

«Sie lernten Malen», fuhr die Schlafmaus fort, wobei sie gähnte und sich die Augen rieb, denn sie wurde allmählich immer müder. «Und sie malten alles mögliche – alles, was mit einem ‹M› anfängt…»

«Wieso mit einem ‹M›?» fragte Alice.

«Wieso nicht?» sagte der Märzhase.

Alice schwieg.

Inzwischen hatte die Schlafmaus die Augen geschlossen und nickte ein, aber als der Hutmacher sie zwickte, schreckte sie mit einem kleinen Aufschrei hoch und fuhr fort: «… was mit einem ‹M› anfängt; Mausefallen, den Mond, Märchen, und die Mitte – ihr wißt ja, man sagt ‹ab durch die Mitte› – habt ihr schon mal ein Bild von der Mitte gesehen?»

«Also, wenn du mich so fragst», sagte Alice, die jetzt vollkommen durcheinander war, «ich kann mir nicht denken…»

«Dann halt lieber den Mund», bemerkte der Hutmacher.

Diese grobe Unhöflichkeit ging Alice wirklich zu weit. Empört stand sie auf und verließ die drei. Die Schlafmaus schlummerte sofort ein, und keiner der beiden anderen nahm von diesem Aufbruch Notiz, obwohl Alice sich ein paarmal umschaute, in der Hoffnung, sie würden sie zurückrufen. Als sie sich zum letztenmal umsah, versuchten der Hutmacher und der Märzhase gerade, die Schlafmaus in die Teekanne zu stopfen.

«Zu denen geh ich bestimmt nicht noch mal!» sagte Alice, während sie durch den Wald marschierte. «Das war die dümmste Teegesellschaft, die ich jemals besucht habe!»

In diesem Augenblick bemerkte sie in einem der Bäume eine Tür. «Das ist merkwürdig!» dachte sie. «Aber heute ist alles merkwürdig. Ich glaube, ich gehe am besten gleich mal hinein.» Und genau das tat sie.

Gleich darauf stand sie wieder in dem großen Saal, direkt neben dem kleinen Glastisch. «Diesmal fange ich es gescheiter an», sagte sie sich, nahm den kleinen goldenen Schlüssel und schloß die Tür zum Garten auf. Dann probierte sie von dem Pilz (sie hatte eincn Rest in ihrer Tasche aufbewahrt), bis sie ungefähr noch dreißig Zentimeter groß war, ging durch den kleinen Korridor und stand endlich in dem wunderschönen Garten zwischen bunten Blumenbeeten und kühlen Springbrunnen.

8

Ein königlicher Krocketplatz

Gleich hinter dem Gartentor stand ein hoher Rosenbaum. Er trug weiße Rosen, und drei Gärtner waren emsig dabei, sie rot anzumalen. Alice fand das mehr als merkwürdig und trat näher heran, um die Sache in Augenschein zu nehmen, als einer von ihnen rief: «Paß doch auf, Fünf! Du bekleckerst mich ständig mit Farbe!»

«Das ist nicht meine Schuld», entgegnete Fünf beleidigt. «Sieben hat mich geschubst.»

Sieben blickte kurz auf und sagte: «Na klar, Fünf! Immer die Schuld auf andere schieben!»

«Das mußt ausgerechnet du sagen», bemerkte Fünf. «Erst gestern hab ich gehört, wie die Königin sagte, man sollte dir eigentlich den Kopf abschlagen!»

«Und warum?» fragte der Gärtner, der zuerst gesprochen hatte.

«Das geht dich überhaupt nichts an, Zwei!» entgegnete Sieben.

«Es geht ihn sehr wohl etwas an!» sagte Fünf. «Und ich werd's ihm sagen: Er hat der Köchin Tulpenzwiebeln statt Speisezwiebeln gebracht.»

Sieben warf seinen Pinsel weg und setzte an: «Da hört sich ja wohl alles…», als sein Blick zufällig auf Alice fiel, die hinter ihnen stand. Er verstummte, die anderen sahen sich verblüfft um, und schließlich machten alle drei eine tiefe Verbeugung.

«Könnten Sie mir vielleicht erklären», fragte Alice etwas schüchtern, «warum Sie diese Rosen anmalen?»

Fünf und Sieben schauten schweigend zu Zwei hin. Zwei begann mit leiser Stimme: «Tja, also, sehen Sie, junges Fräulein, hier sollte eigentlich 'n *roter* Rosenbaum hin, und wir haben aus Versehen 'n weißen gepflanzt, und wenn die Königin das sieht, läßt sie uns alle 'n Kopf kürzer machen. Na ja, junges Fräulein, und deswegen versuchen wir das hinzukriegen, bevor sie kommt, damit…» In diesem Augenblick rief Fünf, der ängstlich den Garten im Auge behalten hatte: «Die Königin, die Königin!», und die drei Gärtner warfen sich sofort flach auf die Erde. Man hörte Schritte, es klang, als näherte sich eine größere Menge von Leuten. Alice drehte sich um, neugierig, die Königin zu sehen.

Zuerst kamen zehn mit Piken bewaffnete Soldaten, alle von ähnlicher Statur wie die Gärtner: rechteckig und flach, die Hände an den oberen, die Füße an den unteren Ecken; denn folgten zehn Höflinge in Karohosen. Sie gingen paarweise nebeneinander, wie die Soldaten, und nach ihnen kamen die Königskinder, zehn an der Zahl, jeweils zu zweit hüpften sie in ihren herzblättrigen Kleidern fröhlich Hand in Hand nebeneinanderher. Ihnen folgten die Gäste, fast ausschließlich Könige und Königinnen. Unter ihnen erkannte Alice das weiße Kaninchen, das aufgeregt redete wie ein Wasserfall und ständig lächelte, wenn irgend jemand etwas sagte. Es ging vorbei, ohne Alice zu bemerken, gefolgt vom Herzbuben, der die Königskrone auf einem Samtkissen vor sich hertrug. Die feierliche Prozession wurde abgeschlossen vom HERZKÖNIG UND DER HERZKÖNIGIN.

Alice wußte nicht genau, ob sie sich vielleicht auch flach auf den Boden werfen sollte wie die Gärtner, doch sie hatte noch nie gehört, daß so etwas bei einem Festzug üblich war. «Was wäre denn auch der Sinn eines Festzugs», dachte sie, «wenn die Leute alle die Nase auf den Boden drücken und überhaupt nichts sehen können?» Also blieb sie stehen und wartete.

Als der Festzug herannahte, blieben alle vor Alice stehen, und die Königin fragte streng: «Wer ist das?» Sie hatte sich an den Herzbuben gewandt, der sich jedoch statt einer Antwort nur verbeugte und lächelte.

«Idiot!» sagte die Königin mit einer ungeduldigen Kopfbewegung und wandte sich an Alice. «Wie heißt du, mein Kind?»

«Ich heiße Alice, wenn Euer Majestät gestatten», sagte Alice äußerst höflich; doch im stillen fügte sie hinzu: «Schließlich ist das bloß ein Haufen Spielkarten, vor denen brauche ich ja wohl keine Angst zu haben!»

«Und wer sind *die* da?» fragte die Königin und zeigte auf die drei Gärtner, die um den Rosenbaum herum lagen. Sie drückten die Gesichter auf den Boden und hatten das gleiche Muster auf dem Rücken wie alle an-

deren Karten auch, deshalb konnte die Königin nicht erkennen, ob es sich um Gärtner, Höflinge oder drei ihrer Kinder handelte.

«Woher soll *ich* denn das wissen?» sagte Alice, verblüfft über ihren eigenen Mut. «Das ist ja wohl nicht meine Sache.»

Die Königin wurde karmesinrot vor Zorn, und nachdem sie Alice eine Weile angefunkelt hatte wie ein wildes Tier, schrie sie: «Schlagt ihr den Kopf ab! Schlagt ihr…»

«Quatsch!» sagte Alice, sehr laut und energisch, und die Königin verstummte.

Der König legte ihr die Hand auf den Arm und sagte zaghaft: «Bedenke, meine Liebe, es ist nur ein Kind!»

Die Königin wandte sich ärgerlich von ihm ab und sagte zum Herzbuben: «Dreh sie um!»

Der Herzbube erledigte das sehr vorsichtig, mit einem Fuß.

«Aufstehen!» befahl die Königin mit schriller Stimme, worauf die drei Gärtner augenblicklich aufsprangen und sich hektisch verneigten, vor dem König, der Königin, den Prinzen und Prinzessinnen und allen anderen.

«Aufhören!» kreischte die Königin. «Ihr macht mich ganz schwindlig!» Dann drehte sie sich zum Rosenbaum um und fragte: «Was in aller Welt habt ihr hier angerichtet?»

«Halten zu Gnaden, Euer Majestät», lispelte Zwei unterwürfig und fiel auf die Knie, «wir haben versucht…»

«Ich sehe schon», sagte die Königin, die sich mittlerweile die Rosen genauer angesehen hatte. «Schlagt ihnen den Kopf ab!» Damit zog der Festzug weiter, während drei Soldaten zurückblieben, um die unglücklichen Gärtner zu köpfen, die sich hilfesuchend zu Alice flüchteten.

«Ihr sollt nicht geköpft werden», sagte Alice und verbarg sie in einem großen Blumentopf, der neben ihr stand. Die drei Soldaten rannten ein paar Minuten suchend umher und schlossen sich dann stillschweigend wieder dem Zug an.

«Sind ihre Köpfe ab?» schrie die Königin.

«Halten zu Gnaden, Euer Majestät, ihre Köpfe sind weg!» brüllten die Soldaten.

«Gut!» schrie die Königin. «Kannst du Krocket spielen?»

Die Soldaten sahen schweigend hinüber zu Alice, an die diese Frage offensichtlich gerichtet war.

«Ja!» rief Alice.

«Na, dann komm!» schrie die Königin, und Alice schloß sich dem Festzug an, gespannt, was jetzt passieren würde.

«Ein… ein sehr schöner Tag heute!» flüsterte eine schüchterne Stimme an ihrer Seite. Alice ging neben dem weißen Kaninchen, das ängstlich zu ihr aufblickte.

«Sehr», sagte Alice. «Wo ist die Herzogin?»

«Pst! Pst!» machte das Kaninchen leise. Es schaute sich verschreckt um, stellte sich auf die Zehenspitzen, kam mit der Schnauze nahe an Alices Ohr und flüsterte: «Sie ist zum Tode verurteilt worden!»

«Wofür?»

«Sagtest du ‹Wie schade!›?» fragte das Kaninchen.

«Nein», erwiderte Alice, «ich finde es kein bißchen schade. Ich sagte: ‹Wofür?›»

«Sie hat die Königin geohrfeigt…» begann das Kaninchen. Alice mußte lachen und gab ein leises Glucksen von sich. «Pst!» flüsterte das Kaninchen ängstlich. «Die Königin hört dich! Also, sie kam ziemlich spät, und die Königin sagte…»

«Auf die Plätze!» kommandierte die Königin mit Donnerstimme, und alle liefen in verschiedene Richtungen und prallten aufeinander. Doch nach ein paar Minuten hatte jeder seinen Platz gefunden, und das Spiel begann.

Alice hatte noch nie im Leben so einen seltsamen Krocketplatz gesehen: Er bestand nur aus Buckeln und Furchen; die Kugeln waren zusammengerollte Igel, die Schläger Flamingos, und die Soldaten mußten sich vornüberbeugen und auf allen vieren stehen, um die Tore zu bilden.

Anfangs hatte Alice die größten Schwierigkeiten, den Flamingo in den Griff zu kriegen; zwar schaffte sie es, sich seinen Leib bequem unter den Arm zu klemmen, so daß die Beine herunterbaumelten, aber immer wenn sie den Hals geradegebogen hatte und dem Igel einen Schlag mit dem Flamingokopf versetzen wollte, drehte der Vogel sich um und sah sie so verdutzt an, daß sie vor Lachen nicht spielen konnte. Wenn sie seinen Kopf wieder unten hatte und einen neuen Versuch machen wollte, brachte der Igel sie zur Verzweiflung. Er rollte sich einfach auf und kroch davon. Zu allem Überfluß war immer ein Buckel oder eine Furche im Weg und hinderte sie daran, den Igel dahin zu schlagen, wohin sie ihn gerade haben wollte, und die verrenkten Soldaten bewegten sich ständig hin und her und liefen herum. Kein Wunder, daß Alice dieses Spiel sehr verzwickt fand.

Alle Spieler hantierten gleichzeitig, ohne sich im geringsten darum zu kümmern, wer gerade dran war. Dabei stritten sie unablässig und schlugen sich um die Igel. Nach kurzer Zeit bekam die Königin einen Tobsuchtsanfall, stampfte mit dem Fuß auf und schrie mindestens einmal pro Minute: «Schlagt ihm den Kopf ab!» oder «Schlagt ihr den Kopf ab!»

Alice wurde es immer unbehaglicher; zwar hatte sie noch keinen Streit mit der Königin gehabt, aber sie hatte das Gefühl, es könne jeden Augenblick etwas passieren, «und dann», dachte sie, «was wird dann aus mir? Sie schlagen hier gräßlich gern Leuten den Kopf ab; eigentlich muß man sich wundern, daß überhaupt noch irgend jemand am Leben ist!»

Sie sah sich nach einem Fluchtweg um und überlegte gerade, ob sie sich wohl unbeobachtet davonmachen könnte, als sie eine merkwürdige Erscheinung in der Luft bemerkte. Zuerst wußte sie überhaupt nicht, was es bedeutete, doch nach einer Weile erkannte sie, daß es ein Grinsen war, und sie sagte sich: «Die Harzer Katze! Endlich jemand, mit dem ich reden kann!»

«Na, wie geht's?» fragte die Katze, sobald sie Maul genug zum Sprechen hatte.

Alice wartete, bis auch die Augen da waren, und nickte ihr dann zu. «Es hat keinen Sinn, etwas zu sagen», überlegte sie, «solange die Ohren noch nicht erschienen sind, oder wenigstens eins.» Einen Augenblick später war der ganze Katzenkopf zu sehen, und Alice setzte ihren Flamingo ab und berichtete von dem Spiel, froh, daß ihr jemand zuhörte. Die Katze dachte anscheinend, es sei nun genug von ihr zu sehen; jedenfalls erschien nichts mehr.

«Ich glaube, sie spielen hier ganz und gar nicht fair», sagte Alice vorwurfsvoll, «und sie streiten sich so furchtbar, daß man sein eigenes Wort nicht verstehen kann, und sie haben offenbar gar keine Regeln – wenn sie welche haben, hält sich jedenfalls keiner dran, und es macht einen ganz nervös, daß alles lebendig ist; mein nächstes Tor spaziert zum Beispiel gerade dahinten am anderen Ende des Feldes herum. Ich hätte vorhin den Igel der Königin krockieren können, aber er ist weggelaufen, als er meinen kommen sah!»

«Wie gefällt dir die Königin?» fragte die Katze leise.

«Überhaupt nicht», sagte Alice, «sie ist dermaßen…» In diesem Moment bemerkte sie, daß die Königin dicht hinter ihr stand und lauschte, also beendete sie den Satz: «…gut, daß es eigentlich keinen Zweck hat, erst gegen sie anzutreten.»

Die Königin lächelte und ging weiter.

«Mit wem sprichst du eigentlich?» fragte der König, während er an Alices Seite trat und das Katzengesicht neugierig anschaute.

«Eine Freundin von mir – die Harzer Katze», sagte Alice, «darf ich sie Ihnen vorstellen?»

«Auf den ersten Blick gefällt sie mir überhaupt nicht», sagte der König, «aber wenn sie es wünscht, darf sie mir die Hand küssen.»

«Das möchte ich lieber nicht», bemerkte die Katze.

«Werd nicht frech», sagte der König, «und sieh mich nicht so an!» Er versuchte, sich hinter Alice zu verstecken.

«Eine Katze darf einen König anschauen», sagte Alice. «Das hab ich mal in einem Buch gelesen, aber ich weiß nicht mehr, in welchem.»

«Nun, sie muß entfernt werden», sagte der König entschieden und rief der Königin, die gerade vorbeikam, zu: «Meine Liebe! Könntest du diese Katze entfernen lassen?»

Die Königin hatte eine einzige Methode, mit sämtlichen großen und kleinen Schwierigkeiten fertig zu werden: «Schlagt ihr den Kopf ab!» sagte sie, ohne sich auch nur umzuschauen.

«Ich werde den Scharfrichter selbst holen», sagte der König eilfertig und lief davon.

Alice wollte gerade nachsehen, wie das Spiel stand, als sie in einiger Entfernung das wütende Gekreisch der Königin hörte. Drei Spieler waren bereits zum Tode verurteilt worden, weil sie ihren Einsatz verpaßt hatten. Alice war einigermaßen mulmig zumute, weil das Spiel so chaotisch verlief, daß sie nie genau wußte, ob sie dran war oder nicht. Also machte sie sich erst mal auf die Suche nach ihrem Igel.

Ihr Igel war gerade in einen heftigen Kampf mit einem anderen Igel verwickelt. Eigentlich war das eine wunderbare Gelegenheit, beide mit einem einzigen Schlag zu treffen. Leider hatte ihr Flamingo sich aber auf die andere Seite des Gartens verzogen, wo er ziemlich hilflos versuchte, auf einen Baum zu flattern.

Als sie den Flamingo endlich eingefangen und zurückgebracht hatte, war das Igelduell längst vorbei, und beide waren verschwunden. «Macht nichts», dachte Alice, «auf dieser Seite des Feldes gibt es ja auch keine Tore mehr.» Sie klemmte sich den Flamingo unter den

Arm, damit er nicht wieder entkommen konnte, und ging zurück zu ihrer Freundin, um noch ein bißchen zu plaudern.

Überrascht stellte sie fest, daß sich eine Menge Leute um die Harzer Katze herum versammelt hatten: Der Scharfrichter, der König und die Königin stritten sich und brüllten durcheinander; alle anderen standen schweigend daneben und sahen betreten aus.

Als Alice hinzukam, verlangten die drei, sie solle ihren Streit schlichten, und wiederholten noch einmal ihre Standpunkte, aber weil sie alle gleichzeitig redeten, konnte sie kaum verstehen, was gesagt wurde.

Der Scharfrichter meinte, man könne niemandem den Kopf abschlagen, wenn es keinen Körper dazu gebe, *von* dem sich überhaupt etwas abschlagen ließe; er habe so etwas noch nie gemacht und werde gewiß in seinem Alter damit auch nicht mehr anfangen.

Der König meinte, wo ein Kopf sei, könne man ihn auch abschlagen, und niemand dürfe so einen Unsinn reden wie der Scharfrichter.

Die Königin meinte, wenn in der Angelegenheit nicht sofort etwas unternommen werde, müsse allen hier Versammelten der Kopf abgeschlagen werden. (Wegen eben dieser Bemerkung sahen die Umstehenden so betreten und verstört aus.)

Alice fiel dazu nur eine Antwort ein: «Die Katze gehört der Herzogin. Vielleicht sollte man *sie* dazu befragen.»

«Sie ist im Gefängnis», sagte die Königin zum Scharfrichter. «Schaff sie her.» Und der Scharfrichter schoß davon wie ein Pfeil.

Als er fort war, verblaßte der Kopf der Katze, und als der Scharfrichter mit der Herzogin zurückkam, war überhaupt nichts mehr davon zu sehen. Der König und der Scharfrichter liefen wild in der Gegend herum und suchten nach dem Katzenkopf, während die übrige Gesellschaft zum Spiel zurückkehrte.

9

Die Geschichte der Suppenschildkröte

Du kannst dir nicht vorstellen, wie froh ich bin, dich wiederzusehen, meine liebe alte Freundin!» sagte die Herzogin. Sie hakte sich bei Alice unter, und gemeinsam schlenderten sie durch den Garten.

Alice freute sich über die gute Laune der Herzogin und überlegte, ob es vielleicht nur am Pfeffer gelegen hatte, daß sie bei ihrem Zusammentreffen in der Küche so unausstehlich gewesen war.

«Wenn *ich* einmal Herzogin werde», sagte sie zu sich selbst (es klang allerdings nicht besonders hoffnungsvoll), «wird es in meiner Küche überhaupt keinen Pfeffer geben. Suppe schmeckt auch ohne Pfeffer sehr gut. – Vielleicht liegt es *immer* am Pfeffer, wenn die Leute scharf werden», fuhr sie fort und freute sich, eine neue Regel entdeckt zu haben, «und am Essig, wenn sie sauer werden, und an der Kamille, wenn sie verbittert sind – und… und Malzbonbons und andere Süßigkeiten machen Kinder lieb und freundlich. Ich wünschte, die Leute würden das einsehen, dann wären sie mit diesen Sachen nicht mehr so geizig, nicht wahr…»

Alice hatte die Herzogin schon völlig vergessen und erschrak ein bißchen, als sie plötzlich eine Stimme dicht an ihrem Ohr hörte: «Du bist in Gedanken, Liebes, und darüber vergißt du das Plaudern. Im Augenblick erinnere ich mich nicht, was die Moral davon ist, aber es fällt mir gleich wieder ein.»

«Vielleicht hat es gar keine Moral», wagte Alice einzuwenden.

«Kokolores, Kind!» sagte die Herzogin. «Alles hat eine Moral, man muß sie nur herausfinden.» Und sie drängte sich noch etwas näher an Alice heran.

Alice war es wenig angenehm, der Herzogin so nahe zu sein; erstens, weil sie wirklich *sehr* häßlich war, und zweitens, weil sie gerade groß genug war, um ihr Kinn auf Alices Schulter zu stützen, und sie hatte ein außerordentlich spitzes Kinn. Aber weil Alice nicht unhöflich sein wollte, ertrug sie es, so gut sie eben konnte.

«Das Spiel läuft inzwischen ein bißchen besser», sagte sie, um etwas zur Unterhaltung beizutragen.

«Das ist richtig», sagte die Herzogin, «und die Moral davon ist: ‹Die Welt dreht sich, wenn die Liebe will, wenn die Liebe es will!›»

«Jemand hat mal gesagt», flüsterte Alice, «sie dreht sich, wenn jeder sich um seine eigenen Angelegenheiten kümmert!»

«Ah ja! Das ist ganz dasselbe», sagte die Herzogin und bohrte ihr spitzes Kinn in Alices Schulter, während sie hinzufügte: «Und die Moral *davon* ist: ‹Besser den Satz in der Hand als die Worte auf dem Dach!›»

«Wie gern sie für alles eine Moral findet!» dachte Alice.

«Du wunderst dich sicher, warum ich nicht den Arm um dich lege», sagte die Herzogin nach einer Weile.

«Der Grund ist, daß ich deinem Flamingo nicht über den Weg traue. Soll ich einen Versuch wagen?»

«Er könnte beißen», erwiderte Alice vorsichtig. Sie war keineswegs wild auf einen Versuch.

«Sehr richtig», sagte die Herzogin; «Flamingos und Senf beißen alle beide. Und die Moral davon ist: ‹Eine Krähe hackt der anderen kein Auge aus.›»

«Aber ein Flamingo ist keine Krähe», sagte Alice.

«Und Senf erst recht nicht. Senf ist nicht mal ein Vogel!»

«Richtig, wie immer», sagte die Herzogin. «Du kannst dich bewundernswert klar ausdrücken!»

«Es ist ein Mineral, glaube ich», sagte Alice.

«Aber ja», sagte die Herzogin, offenbar bereit, allem zuzustimmen, was Alice sagte. «Gleich hier in der Nähe gibt es eine große Senfmine. Und die Moral davon ist: ‹Mach stets gute Miene zum bösen Spiel.›»

«Ach, ich weiß!» rief Alice, die gar nicht zugehört hatte. «Es ist eine Pflanze. Zwar sieht es nicht so aus, aber es ist eine.»

«Da stimme ich dir absolut zu», sagte die Herzogin, «und die Moral davon ist: ‹Sei, was du scheinst› – oder, einfacher gesagt: ‹Glaub niemals, du seist nicht anders, als es anderen scheint, daß du gewesen wärst oder hättest sein können, wärst du nicht anders, als du gewesen wärst, wenn du ihnen anders erschienen wärst, als du bist.›»

«Ich glaube, ich könnte das besser verstehen, wenn Sie es aufschreiben würden», sagte Alice höflich. «So, wie Sie es gesagt haben, finde ich es etwas schwierig.»

«Ich könnte noch ganz anders reden, wenn ich wollte», sagte die Herzogin zufrieden.

«Oh, bitte bemühen Sie sich nicht, es noch umständlicher auszudrücken», sagte Alice.

«Das macht überhaupt keine Mühe!» sagte die Herzogin. «Alles, was ich bisher gesagt habe, will ich dir schenken!»

«Ziemlich billiges Geschenk», dachte Alice. «Ich bin froh, daß sich nicht alle Leute solche Geburtstagsgeschenke ausdenken!» Aber sie traute sich nicht, das laut zu sagen.

«Bist du wieder in Gedanken?» erkundigte sich die Herzogin mit einem kräftigen Druck ihres spitzen Kinns.

«Ich darf ja wohl noch nachdenken», sagte Alice scharf, denn inzwischen fühlte sie sich ziemlich unbehaglich.

«Genauso, wie Schweine fliegen dürfen», sagte die Herzogin, «und die M…»

An dieser Stelle verstummte die Herzogin zu Alices großer Überraschung, ausgerechnet bei ihrem Lieblingswort «Moral», und ihr Arm, immer noch bei Alice untergehakt, begann zu zittern. Alice sah auf, und da stand die Königin vor ihnen, mit verschränkten Armen, die Stirn in Gewitterfalten gelegt.

«Ein schöner Tag heute, Euer Majestät», begann die Herzogin mit leiser, schwacher Stimme.

«Ich warne dich!» brüllte die Königin und stampfte mit dem Fuß auf; «entweder du oder dein Kopf, einer von euch beiden verschwindet hier augenblicklich! Entscheide dich!»

Die Herzogin entschied sich und suchte augenblicklich das Weite.

«Laß uns weiterspielen», ordnete die Königin an, und Alice sagte vor lauter Angst kein Wort, sondern folgte der Königin zurück zum Spielfeld.

Die anderen Gäste hatten die Abwesenheit der Königin genutzt, um sich im Schatten ein bißchen auszuruhen, doch kaum sahen sie ihre Herrscherin kommen, stürzten sie hastig wieder auf ihre Plätze. Die Königin bemerkte lediglich, daß jede Minute Verspätung alle den Kopf kosten werde.

Während des gesamten Spiels stritt die Königin ununterbrochen mit den anderen Spielern und schrie immer wieder: «Schlagt ihm den Kopf ab! oder «Schlagt ihr den Kopf ab!» Die Verurteilten wurden von den Soldaten verhaftet, die natürlich nicht gleichzeitig Tore bilden konnten. Nach ungefähr einer halben Stunde befand sich kein einziges Tor mehr auf dem Spielfeld, und sämtliche Spieler, bis auf den König, die Königin und Alice, waren verhaftet und zum Tode verurteilt.

Schließlich hörte die Königin auf zu spielen und fragte Alice, ganz außer Atem: «Hast du die Suppenschildkröte eigentlich schon besucht?»

«Nein», sagte Alice. «Ich weiß nicht mal, was eine Suppenschildkröte ist.»

«Na, das Ding, aus dem man Schildkrötensuppe kocht», sagte die Königin. «Es ist eben keine richtige Schildkröte. Sie tut nur so.»

«Ich hab noch nie eine gesehen oder auch nur davon gehört», sagte Alice.

«Dann komm mit», sagte die Königin. «Sie wird dir ihre Geschichte erzählen.»

Als sie gemeinsam aufbrachen, hörte Alice, wie der König leise zu den anderen sagte: «Ihr seid alle begnadigt.» «Endlich eine gute Nachricht», dachte Alice. Sie hatte sich Sorgen gemacht wegen der Unmenge von Hinrichtungen, die die Königin angeordnet hatte.

Bald stießen sie auf einen Greif, der in der Sonne lag und schlief. (Wenn ihr nicht wißt, was ein Greif ist, schaut euch das Bild an.) «Los, auf, du Faultier!» sagte die Königin, «führe die junge Dame zur Suppenschildkröte, damit sie ihre Geschichte hört. Ich muß wieder zurück und mich um ein paar Hinrichtungen kümmern, die ich angeordnet habe.» Damit rauschte sie davon und ließ Alice mit dem Greif allein zurück. Alice war dieses Geschöpf nicht besonders sympathisch, aber sie überlegte sich, daß sie von dem Greif kaum Schlimmeres zu befürchten hatte als von der tobsüchtigen Königin; also wartete sie erst einmal ab.

Der Greif setzte sich auf und rieb sich die Augen, blieb still sitzen, bis die Königin außer Sichtweite war und dann kicherte er. «Zum Totlachen!» sagte der Greif, halb zu sich selbst und halb zu Alice.

«*Was* ist zum Totlachen?» fragte Alice.

«Na, *sie*», sagte der Greif. «Sie bildet sich das doch alles bloß ein; hier wird niemals jemand hingerichtet. Also, komm mit!»

«Ständig sagen hier alle ‹Komm mit!›», dachte Alice. «Ich bin noch nie so herumkommandiert worden, in meinem ganzen Leben nicht!»

Sie waren noch nicht lange gegangen, als sie in einiger Entfernung die Suppenschildkröte entdeckten. Sie saß einsam und traurig auf einem kleinen Felsvorsprung, und als Alice und der Greif näher kamen, stieß sie einen herzzerreißenden Seufzer aus. Sofort fühlte Alice tiefes Mitleid mit ihr. «Was hat sie für einen Kummer?» fragte sie den Greif. Und der Greif antwortete ungefähr dasselbe wie vorher: «Pure Einbildung. Die hat gar keinen Kummer. Los, komm weiter!»

So gingen sie also zur Suppenschildkröte, die sie mit großen, tränenverhangenen Augen schweigend ansah.

«Diese Dings, diese Dame hier», sagte der Greif, «will deine Geschichte hören.»

«Ich werde sie erzählen», sagte die Suppenschildkröte mit tiefer, hohler Stimme. «Setzt euch, alle beide, und sagt kein Wort, bis ich geendet habe.»

Sie setzten sich, und eine ganze Weile sagte niemand etwas. Alice dachte bei sich: «Wie kann sie jemals enden, wenn sie überhaupt nicht anfängt?» Aber sie wartete geduldig.

«Einst», sagte die Suppenschildkröte schließlich mit

111

einem tiefen Seufzer, «war ich eine richtige Schildkröte.»

Diesen Worten folgte ein langes Schweigen, nur unterbrochen von einem gelegentlichen «Htschckrrh!»
des Greifen und dauernden, heftigen Schluchzern der
Suppenschildkröte. Alice war nahe daran, aufzustehen und zu sagen: «Besten Dank, meine Dame, für
Ihre interessante Geschichte», aber sie dachte, es
müsse einfach noch etwas folgen, also blieb sie still sitzen und sagte nichts.

«Als wir klein waren», fuhr die Schildkröte schließlich fort, etwas ruhiger, wenn auch noch gelegentlich
schluchzend, «gingen wir im Meer zur Schule. Unser
Klassenlehrer war eine alte Schildkröte – wir haben
ihn immer Kabeljau genannt…»

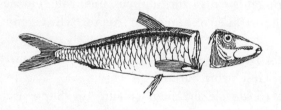

«Warum habt ihr ihn Kabeljau genannt, wenn er keiner war?» fragte Alice.

«Wir haben ihn Kabeljau genannt, weil wir bei ihm
Physik hatten», sagte die Suppenschildkröte ungehalten. «Wirklich, du bist ziemlich dumm!»

«Du solltest dich schämen, so eine dumme Frage zu

stellen», fügte der Greif hinzu, und dann saßen sie beide stumm da und sahen die arme Alice an, die am liebsten im Boden versunken wäre. Schließlich sagte der Greif zur Suppenschildkröte: «Weitermachen, Alte! Wir können hier nicht den ganzen Tag rumsitzen!» Und die Schildkröte fuhr fort:

«Ja, wir gingen im Meer zur Schule, wenn du das vielleicht auch nicht glaubst...»

«Ich hab nie gesagt, daß ich das nicht glaube», unterbrach Alice.

«Hast du wohl», sagte die Suppenschildkröte.

«Halt die Klappe», ergänzte der Greif, bevor Alice noch etwas sagen konnte. Die Suppenschildkröte erzählte weiter.

«Wir genossen die beste Ausbildung – wir gingen sogar täglich zur Schule...»

«Ich gehe auch jeden Tag zur Schule», sagte Alice. «Darauf brauchst du dir nichts einzubilden.»

«Habt ihr auch Wahlfächer?» fragte die Suppenschildkröte ein wenig besorgt.

«Ja», sagte Alice. «Wir haben Französisch und Musik.»

«Und Waschen?» fragte die Suppenschildkröte.

«Natürlich nicht!» sagte Alice entrüstet.

«Aha! Dann bist du also nicht auf einer wirklich guten Schule», sagte die Suppenschildkröte erleichtert. «Bei *uns* stand unten auf der Rechnung für das Schulgeld immer: ‹Französisch und Musik sowie *Waschen und Bügeln* extra.›»

«Ich kann mir nicht vorstellen, daß ihr das lernen mußtet», sagte Alice. «Wo ihr doch auf dem Meeresgrund gelebt habt.»

«Ich hab's auch nicht gelernt», sagte die Suppenschildkröte und seufzte. «Ich hab nur die Pflichtfächer gehabt.»

«Was waren das für Fächer?» fragte Alice.

«Zuerst einmal Dösen und Schleimen, natürlich», antwortete die Suppenschildkröte, «und dann die vier Grundrechenarten: Abschmieren, Suppe rühren, Mausifizieren und Dirigieren.»

«Mausifizieren?» fragte Alice. «Das hab ich noch nie gehört. Was ist das?»

Der Greif hob vor Entgeisterung beide Pfoten. «Noch nie von mausifizieren gehört?» rief er aus. «Aber du weißt doch, was ratifizieren heißt, nehme ich an?»

«Ja», sagte Alice zögernd, «es heißt... einen Vertrag... unterzeichnen.»

«Na also», fuhr der Greif fort, «wenn du dann nicht weißt, was mausifizieren ist, bist du wirklich ein Einfaltspinsel.»

Alice fand nicht den Mut, mehr Fragen zu stellen, also wandte sie sich an die Suppenschildkröte und fragte: «Was habt ihr noch gelernt?»

«Nun, wir hatten Gewichte», entgegnete die Suppenschildkröte, indem sie die Fächer an ihren Flossen aufzählte, «Gewichte, alte und neue, mit Seeographie, dann Schunderziehung. Unser Schundlehrer war eine alte Ölsardine, er brachte uns Kreidebleichen, Rotkohlschnitt, Tuscheln und Qualen in Öl bei.»

«Wie ging denn *das*?» fragte Alice.

«Das kann ich dir leider nicht vormachen», sagte die Suppenschildkröte; «ich bin inzwischen zu alt und vertrocknet. Und der Greif hat es nie gelernt.»

«Keine Zeit», sagte der Greif. «Aber ich hab die alten Sprachen gelernt. Unser Lehrer, das war vielleicht ein alter Krebs, das kann ich euch sagen!»

«Bei dem war ich nie», seufzte die Suppenschildkröte. «Ich hab gehört, er hat Tierisch und Gemein unterrichtet.»

«Das hat er, jaja, das hat er», sagte der Greif und seufzte nun auch; und beide verbargen das Gesicht in den Vorderpfoten.

«Und wieviel Stunden Unterricht hattet ihr am Tag?» sagte Alice, um möglichst schnell das Thema zu wechseln.

«Am ersten Tag zehn Stunden», sagte die Suppenschildkröte, «am nächsten neun, und so weiter.»

«Das ist aber ein komischer Lehrplan», rief Alice.

«Deshalb heißt er ja auch Lehrplan», bemerkte der Greif, «weil er von Tag zu Tag leerer wird.»

Das war ein ganz neuer Gedanke, und Alice dachte einen Augenblick darüber nach, bevor sie sagte: «Dann hattet ihr ja am elften Tag schulfrei?»

«Selbstverständlich», sagte die Suppenschildkröte.

«Und was habt ihr am zwölften gemacht?» fragte Alice eifrig.

«Schluß jetzt, du hast genug vom Unterricht erzählt», unterbrach der Greif energisch. «Jetzt berichte ihr über die Spiele!»

10

Die Hummer-Quadrille

Die Suppenschildkröte seufzte tief und wischte sich mit der Vorderflosse die Augen. Sie sah Alice an und versuchte, etwas zu sagen, aber eine ganze Weile erstickte heftiges Schluchzen ihre Stimme. «Sieht ganz so aus, als hätte sie 'nen Knochen im Hals», sagte der Greif, packte die Schildkröte, schüttelte sie kräftig und klopfte ihr auf den Rücken. Schließlich fand die Suppenschildkröte ihre Stimme wieder und fuhr fort, während ihr die Tränen über die Wangen kullerten:
«Du hast vielleicht noch nie für längere Zeit auf dem Grund des Meeres gewohnt…» («Stimmt», sagte Alice) «… und vielleicht bist du auch noch nie einem Hummer vorgestellt worden…» (Alice setzte an: «Ich hab mal in einem Restaurant –», unterbrach sich aber gerade noch rechtzeitig und beteuerte: «Nein, niemals!») «… dann kannst du auch nicht wissen, was für eine wunderbare Sache die Hummer-Quadrille ist!» sagte die Schildkröte.
«Nein, wirklich», sagte Alice. «Was ist das für ein Tanz?»
«Also», sagte der Greif, «man stellt sich zuerst in einer Reihe am Strand auf…»
«In zwei Reihen!» rief die Suppenschildkröte. «Seehunde, Schildkröten, Lachse und so weiter. Und wenn

man die ganzen Quallen aus dem Weg geräumt hat…»

«Was immer 'ne Zeit dauert», unterbrach der Greif.

«…zwei Schritte vor…»

«Jeder mit 'nem Hummer als Partner!» rief der Greif.

«Natürlich», sagte die Suppenschildkröte. «Zwei Schritte vor, Verbeugung…»

«…Hummerwechsel, und genauso zurück», ergänzte der Greif.

«Dann, mußt du wissen», fuhr die Suppenschildkröte fort, «wirfst du die…»

«Die Hummer!» jauchzte der Greif und machte einen Luftsprung.

«…so weit hinaus ins Meer, wie du kannst…»

«Schwimmst hinterher!» schrie der Greif.

«Machst einen Purzelbaum im Wasser!» rief die Suppenschildkröte, ausgelassen herumhopsend.

«Wechselst wieder den Hummer!» kreischte der Greif, und seine Stimme überschlug sich fast.

«Zurück an Land und… das Ganze ist die erste Figur», sagte die Suppenschildkröte, plötzlich mit leiser Stimme. Nachdem die beiden Tiere die ganze Zeit wie die Verrückten herumgehüpft waren, saßen sie jetzt traurig und still da und schauten Alice an.

«Das muß ein besonders hübscher Tanz sein», sagte Alice schüchtern.

«Sollen wir für dich eine kleine Probevorstellung geben?» fragte die Suppenschildkröte.

«Sehr gern», sagte Alice.

«Komm, laß uns die erste Figur probieren!» sagte die Suppenschildkröte zum Greif. «Wir können es eigentlich auch ohne Hummer. Wer singt, du oder ich?»

«Ach, sing du», sagte der Greif. «Ich weiß den Text nicht mehr.»

Und sie begannen feierlich im Kreis um Alice herumzutanzen. Ab und zu kamen sie zu nahe heran und traten ihr auf die Füße. Mit den Vorderpfoten schlugen sie den Takt, während die Suppenschildkröte langsam und traurig dieses Lied sang:

«Auf der Sandbank, tief im Seetang, sitzt die kleine Schnecke.
Sagt der Sandaal: ‹Schnecke, hör mal, sitz nicht in der Ecke!

 Schau dir mal den Haifisch an,
 wie der Haifisch tanzen kann –
 vorwärts, rückwärts, vorwärts, rückwärts,
 tanz mit, kleine Schnecke!

Da, die Brasse – große Klasse! – wirbelt mit den Flossen,
und der Hummer hatte Kummer; nun reißt er wieder Possen!

 Hering, Schellfisch, Butt und Dorsch,
 alle hüpfen naß und forsch
 vorwärts, rückwärts, vorwärts, rückwärts,
 komm doch, liebe Schnecke!›

119

‹Ich gestehe, was ich sehe, geht mir auf die Nerven›,
sagt die Schnecke. ‹Ich erschrecke, wenn sie Hummer
werfen.

> Und der Haifisch ist gemein,
> stellt dem Rotbarsch dort ein Bein!
> Vorwärts, rückwärts, vorwärts, rückwärts –
> ich bleib in meiner Ecke!›»

«Danke, das ist ein sehr interessanter Tanz, ich habe
gern zugeschaut», sagte Alice, froh, daß es endlich
vorbei war. «Und mir gefällt dieses sonderbare Lied
über den Sandaal!»
«Übrigens, was die Sandaale angeht», sagte die Suppenschildkröte, «sie… Du hast schon mal einen gesehen, nehme ich an?»
«Ich hab schon oft Aale gesehen», sagte Alice, «beim
Abendes–» Hastig unterbrach sie sich.
«Zwar weiß ich nicht, wo Abendes liegt», sagte die

Suppenschildkröte, «aber wenn du sie so oft gesehen hast, weißt du ja bestimmt, wie sie aussehen?»

«Ich glaub schon», sagte Alice nachdenklich. «Sie tragen ihren Schwanz im Maul – und sind geräuchert.»

«Daß sie geräuchert sind, ist nicht richtig», sagte die Suppenschildkröte, «im Wasser kann man ja kein Feuer anzünden, also gibt es auch keinen Rauch. Aber sie tragen in der Tat ihren Schwanz im Maul; und zwar aus folgendem Grund…» Hier gähnte die Suppenschildkröte und schloß die Augen. «Erklär ihr den Grund und so weiter», sagte sie zum Greif.

«Der Grund ist, daß sie immer mit den Hummern zum Tanz gekommen sind. Dann wurden sie aufs Meer hinausgeworfen. Dann mußten sie eine weite Strecke fliegen. Dann blieb ihnen der Schwanz im Maul stecken. Und dann haben sie ihn nicht mehr rausgekriegt. So einfach ist das.»

«Vielen Dank», sagte Alice, «das ist sehr interessant. Ich hab noch nie so viel über den Sandaal erfahren.»

«Wenn du willst, kann ich dir noch mehr erzählen», sagte der Greif. «Weißt du, warum der Sandaal so nützlich ist?»

«Darüber hab ich mir noch nie Gedanken gemacht», antwortete Alice. «Warum?»

«Man macht Schuhe aus ihm», sagte der Greif mit wichtiger Miene.

«Schuhe?» fragte Alice verblüfft.

«Es sind besonders leichte Schuhe», fuhr der Greif fort. «Nach dem Sandaal heißen sie Sandalen. Vielleicht hast du schon mal davon gehört?»

«Natürlich», sagte Alice. «Ich wußte bloß nicht, daß sie aus Sandaalen gemacht werden.»

«Das weiß doch jede Krabbe», sagte der Greif. «Unten auf dem sandigen Meeresboden trägt man sie besonders gern. Für Damen gibt's welche mit kleinen Kiemchen und Quallen. Sehr hübsch, wirklich.»

«Hm», sagte Alice, die noch immer über das Lied nachdachte, «wenn ich der Sandaal gewesen wäre, hätte ich dem Haifisch was erzählt. ‹Verschwinde von der Tanzfläche! So einen wie dich können wir hier nicht gebrauchen›, hätte ich ihm gesagt!»

«Na ja, aber er ist ein guter Tänzer und sehr beliebt bei den Damen», sagte die Suppenschildkröte. «Besonders die Brassen sind ganz verrückt nach ihm.»

«Wirklich?» fragte Alice überrascht.

«O ja», sagte die Suppenschildkröte. «Kennst du nicht das Sprichwort: ‹Schleich nicht wie die Brasse um den weißen Hai›?»

«Du meinst ‹wie die Katze um den heißen Brei›», sagte Alice.

«Ich meine, was ich sage», erwiderte die Suppenschildkröte gekränkt. Und der Greif fügte hinzu: «Komm, laß mal ein paar von *deinen* Abenteuern hören.»

«Ich könnte euch von meinen Abenteuern erzählen – die ich seit heute morgen erlebt habe», sagte Alice ein wenig schüchtern; «aber es hätte keinen Sinn, etwas über die Zeit vor dem heutigen Tag zu erzählen, denn da war ich noch jemand ganz anderes.»

«Könntest du das näher erklären?» fragte die Suppenschildkröte.

«Nein, nein, erst die Abenteuer», sagte der Greif ungeduldig, «Erklärungen dauern immer so schrecklich lange.»

Also erzählte Alice ihnen von ihren Abenteuern. Sie begann damit, wie sie das weiße Kaninchen zum erstenmal gesehen hatte. Am Anfang war sie ein bißchen nervös, die beiden Tiere rückten so nahe an sie heran, jedes an einer Seite, und rissen Augen und Mäuler furchtbar weit auf; aber allmählich faßte sie Mut. Ihre Zuhörer schwiegen still, bis sie von ihrem Versuch berichtete, für die Raupe «Der Fischer» aufzusagen, und daß die Wörter alle anders herausgekommen waren. Da holte die Suppenschildkröte tief Luft und sagte: «Das ist wirklich merkwürdig!»

«Das Ganze ist furchtbar merkwürdig», sagte der Greif.

«Alles kam ganz anders heraus!» wiederholte die Suppenschildkröte nachdenklich. «Ich würde gern hören, wie sie versucht, ein Gedicht aufzusagen. Sag ihr, sie soll anfangen.» Die Suppenschildkröte sah den Greif an, als glaube sie ernsthaft, Alice würde ihm irgendwie gehorchen.

«Stell dich hin und sag ‹John Maynard› auf», sagte der Greif.

123

«Wie diese Tiere einen dauernd herumkommandieren und einen herunterbeten lassen, was man gelernt hat!» dachte Alice. «Da könnte ich ja auch gleich in die Schule gehen.» Trotzdem stand sie auf und begann das Gedicht aufzusagen, aber sie hatte immer noch die Hummer-Quadrille im Kopf und merkte kaum, was sie sagte. Die Worte klangen allerdings äußerst eigenartig:

> «Der Hummer schwimmt über den Eriesee,
> er hat sich verirrt und zetert: ‹Oje!
> Das Süßwasser macht die Frisur kaputt,
> ich seh schon aus wie der letzte Butt!
> Es ist auch nicht gut für die Figur,
> ab morgen geh ich zur Meersalzkur!
> Die Mädels lieben ja schmale Hüften,
> und bald laß ich mir auch die Scheren liften.
> Dann bin ich der Schönste im Ozean
> und lach mir 'ne flotte Koralle an!›»

«Das klingt völlig anders, als ich es früher gelernt habe», sagte der Greif.

«Also, ich hab das noch nie gehört», sagte die Suppenschildkröte, «aber es klingt idiotisch.»

Alice schwieg, sie hatte sich wieder hingesetzt und verbarg das Gesicht in den Händen. Ob *jemals* wieder *irgend etwas* sein würde wie immer?

«Dafür hätte ich gern eine Erklärung», sagte die Suppenschildkröte.

«Sie kann es nicht erklären», sagte der Greif schnell.
«Weiter, die nächste Strophe.»

«Wieso ausgerechnet eine Koralle?» beharrte die Suppenschildkröte. «Was will er mit einer Koralle? Die werden doch schon rot, wenn man sie bloß anschaut!»

«Vielleicht gefällt ihm das gerade», sagte Alice. «Hummer werden doch auch leicht rot.» Sie war ganz durcheinander und hätte gern das Thema gewechselt.

«Weiter mit der nächsten Strophe», wiederholte der Greif. «Sie fängt an ‹Alle Herzen sind froh, alle Herzen sind frei›.»

Alice hatte nicht den Mut, sich zu weigern, obwohl sie genau wußte, daß wieder alles verdreht herauskommen würde, und sie begann mit zitternder Stimme:

«‹Alle Herzen sind froh, alle Herzen sind frei›,
rief die Eule mit einem Freudenschrei.
‹Ich werd meinen Freund, den Panther, besuchen,
und dann teilen wir uns ein schönes Stück Kuchen!›
Doch der Panther fraß gierig das ganze Stück,
für die Eule blieb nur der Teller zurück.
Empört rief die Eule: ‹Was soll denn das?›
Worauf der Panther sie auch noch...»

«Was für einen Zweck hat es, das alles aufzusagen», unterbrach die Suppenschildkröte, «wenn du es nicht erklärst? Das ist mit Abstand das Verwirrendste, was ich je gehört habe!»

«Ja, ich glaube, du hörst besser auf», sagte der Greif, und Alice folgte der Aufforderung nur zu gern.

«Sollen wir uns an einer anderen Figur der Hummer-Quadrille versuchen?» fuhr der Greif fort. «Oder möchtest du, daß die Suppenschildkröte dir noch ein Lied vorsingt?»

«Oh, bitte ein Lied, wenn die Suppenschildkröte so nett wäre», erwiderte Alice dermaßen eifrig, daß der Greif ziemlich beleidigt bemerkte: «Nun ja, über Geschmäcker läßt sich bekanntlich nicht streiten! Sing ihr ‹Schildkrötensuppe› vor, los, altes Haus!»

Die Suppenschildkröte seufzte tief und begann mit tränenerstickter Stimme dieses Lied zu singen:

> «Wunderbar, wunderbar!
> Eine Suppe, grün und klar,
> darin schwimmt auch nicht ein Haar,
> das ist wirklich wuhunderbaarrr!
>
> Diese Suppe ist das Beste!
> Steht sie dampfend auf dem Tisch,
> dann verzichten alle Gäste
> gern auf Truthahn, Kalb und Fisch!
>
> Wunderba-har, wunderba-har!
> Eine Suppe, grühün und klahar,
> darin schwimmt auch nicht ein Haar,
> das ist wirklich wu-HUNDERBAARRR!»

«Noch mal den Refrain!» rief der Greif, und die Suppenschildkröte hatte gerade zur Wiederholung angesetzt, als plötzlich aus der Ferne ein Ruf zu hören war: «Der Prozeß beginnt!»

«Los, komm!» rief der Greif, nahm Alice bei der Hand und stürzte davon, ohne das Ende vom Lied abzuwarten.

«Was ist das für ein Prozeß?» keuchte Alice im Laufen; aber der Greif antwortete nur: «Los, komm!» und lief noch schneller, während hinter ihnen leise die traurigen Worte verklangen, die der Wind hinüberwehte:

> «Wuhunderbar, wuhunderbar!
> Das ist wirklich wunderbar!»

11

Wer hat die Törtchen gestohlen?

Als Alice und der Greif ankamen, hatten der Herzkönig und die Herzkönigin bereits auf ihrem
Thron Platz genommen, umringt von einer großen
Versammlung aller möglichen kleinen Vögel und Vierbeiner und dazu sämtlichen Spielkarten: Der Bube
stand in Ketten vor dem Thron, flankiert von zwei Soldaten, die ihn bewachten. Neben dem König war das
weiße Kaninchen postiert, in der einen Hand eine
Trompete, in der anderen eine Pergamentrolle. Genau
in der Mitte des Gerichtssaals stand ein Tisch, und
darauf eine große Platte mit Törtchen. Sie sahen so
appetitlich aus, daß Alice das Wasser im Mund zusam-
menlief. «Hoffentlich sind sie bald fertig mit der Verhandlung», dachte sie, «damit die Erfrischungen ge-
reicht werden können!» Es schien allerdings nicht so,
als würde ihr Wunsch bald in Erfüllung gehen, also
schaute sie sich zum Zeitvertreib erst einmal in aller
Ruhe um.
Alice war noch nie vorher in einem Gerichtssaal gewesen, aber sie hatte darüber gelesen und stellte zufrieden fest, daß sie fast alles erkannte, was da war. «Das
da ist der Richter», sagte sie sich, «das sieht man an
seiner großen Perücke.»
Der Richter war übrigens der König. Er trug seine

Krone über der Perücke und sah aus, als fühlte er sich nicht besonders wohl damit. Außerdem stand es ihm wirklich überhaupt nicht.

«Und das ist die Geschworenenbank», dachte Alice, «und diese zwölf Geschöpfe» (sie mußte «Geschöpfe» sagen, denn einige davon waren Vierbeiner, einige Vögel) «sind wahrscheinlich die Schöffen.» Dieses letzte Wort wiederholte sie ein paarmal, weil sie ziemlich stolz darauf war. Sie dachte nämlich mit Recht, daß wohl nur wenige kleine Mädchen in ihrem Alter wußten, was es bedeutet. Allerdings hätte sie ebensogut «Geschworene» sagen können.

Die zwölf Schöffen waren alle eifrig damit beschäftigt, etwas auf Schiefertafeln zu schreiben. «Was machen die da?» fragte Alice den Greif flüsternd. «Es gibt doch gar nichts aufzuschreiben, solange der Prozeß noch nicht angefangen hat.»

«Sie schreiben ihre Namen auf», flüsterte der Greif, «damit sie sie bis zum Ende der Verhandlung nicht vergessen haben.»

«Schwachköpfe!» begann Alice mit lauter, ärgerlicher Stimme; aber sie war gleich wieder still, denn das weiße Kaninchen rief: «Ruhe im Saal!», und der König setzte seine Brille auf und musterte die Umsitzenden scharf, um festzustellen, woher der Zwischenruf gekommen war.

So genau, als schaute sie ihnen direkt über die Schulter, sah Alice, daß sämtliche Geschworenen «Schwachköpfe» auf ihre Schiefertafeln schrieben. Sie bemerkte auch, daß einer von ihnen nicht mal wußte, wie «Köpfe» geschrieben wurde, und sich bei seinem Nachbarn erkundigen mußte. «Na, auf den Tafeln wird ja ein schönes Durcheinander herrschen, bis die Verhandlung zu Ende ist!» dachte Alice.

Einer der Geschworenen hatte einen Griffel, der beim Schreiben quietschte. Das konnte Alice einfach nicht ertragen. Sie ging um die Bänke herum, stellte sich hinter ihn und fand rasch eine Gelegenheit, ihm den Griffel wegzunehmen. Dabei war sie so schnell, daß der arme kleine Geschworene (es war Bill, die Eidechse) gar nicht merkte, wie sein Griffel verschwand. Nachdem er eine ganze Weile überall gesucht hatte, mußte er für den Rest des Tages wohl oder übel seinen Finger zum Schreiben benutzen. Das war einigermaßen unpraktisch, weil der Finger auf der Tafel nicht die geringste Spur hinterließ.

«Herold, trage die Anklage vor!» sagte der König.

Darauf blies das weiße Kaninchen dreimal kräftig in die Trompete, entrollte das Pergament und las vor:

«Die Königin der Herzen,
sie buk mit großen Schmerzen
Törtchen eines Sommertags.
Der Bube der Herzen
beliebte schlecht zu scherzen
und klaute die Törtchen schnurstracks.»

«Fällt euer Urteil», sagte der König zu den Geschworenen.

«Halt, nicht so schnell!» unterbrach das Kaninchen hastig. «Vor dem Urteil kommt noch eine Menge anderer Sachen!»

«Ruf den ersten Zeugen auf», sagte der König. Das weiße Kaninchen stieß dreimal in die Trompete und rief: «Der erste Zeuge!»

Der erste Zeuge war der Hutmacher. Er trat ein, mit einer Teetasse in der einen Hand und einem Butterbrot in der anderen. «Verzeihung, Euer Gnaden, daß ich dies hier mitbringe», begann er, «aber ich war noch beim Nachmittagstee, als ich vorgeladen wurde.»

«Du hättest mit dem Tee längst fertig sein müssen», sagte der König. «Wann hast du angefangen?»

Der Hutmacher sah den Märzhasen an, der ihm Arm in Arm mit der Schlafmaus in den Gerichtssaal gefolgt war. «Am vierzehnten März, wenn ich mich recht erinnere», sagte er.

«Es war der fünfzehnte», sagte der Märzhase.

«Es war der sechzehnte», sagte die Schlafmaus.

«Nehmt das zu Protokoll», sagte der König zu den Geschworenen, die eifrig alle drei Daten auf ihre Schiefertafeln kritzelten, sie zusammenzählten und das Ergebnis in Kilometer umrechneten.

«Nimm den Hut ab», sagte der König zum Hutmacher.

«Er gehört mir nicht», sagte der Hutmacher.

132

«*Gestohlen!*» rief der König und wandte sich an die Geschworenen, die den Tatbestand sofort zu Protokoll nahmen.

«Ich habe Hüte auf Vorrat, damit ich sie verkaufen kann», erklärte der Hutmacher. «Kein einziger davon ist für mich selbst. Ich bin Hutmacher.»

An dieser Stelle setzte die Königin ihre Brille auf und sah den Hutmacher streng an. Der Hutmacher wurde totenblaß und begann unruhig herumzuzappeln.

«Mach deine Aussage», sagte der König, «und sei nicht so zappelig, sonst lasse ich dich sofort hinrichten.»

Dieser Hinweis trug nicht gerade zur Beruhigung des Zeugen bei; er trat von einem Fuß auf den anderen, sah die Königin verwirrt an und war so durcheinander, daß er aus Versehen ein großes Stück von seiner Teetasse statt von seinem Butterbrot abbiß. In diesem Moment überkam Alice ein merkwürdiges Gefühl. Es dauerte einige Zeit, bis sie begriff: Sie wurde allmählich wieder größer. Zuerst wollte sie den Saal verlassen, aber dann beschloß sie, erst mal sitzen zu bleiben, jedenfalls, solange sie noch genug Platz hatte.

«Würdest du bitte nicht so drängeln», sagte die Schlafmaus, die neben ihr saß. «Man kriegt ja kaum noch Luft.»

«Ich kann nichts dagegen machen», sagte Alice zaghaft, «ich wachse.»

«Du hast kein Recht, ausgerechnet hier einfach zu wachsen», sagte die Schlafmaus.

«Red keinen Unfug», sagte Alice schon etwas mutiger, «du wächst auch, das weißt du ganz genau.»

«Das stimmt, aber *ich* wachse in vernünftigem Tempo», sagte die Schlafmaus, «nicht auf so absurde Weise wie du.» Beleidigt stand sie auf und ging auf die andere Seite des Saals.

Während der ganzen Zeit hatte die Königin ununterbrochen den Hutmacher angestarrt. Gerade als die Schlafmaus quer durch den Saal ging, sagte sie zu einem der Gerichtsdiener: «Bring mir eine Liste der Sänger vom letzten Konzert!» Darauf begann der Hutmacher so entsetzlich zu schlottern, daß er beide Schuhe verlor.

«Mach deine Aussage», wiederholte der König ärgerlich, «oder ich lasse dich hinrichten, ganz gleich, ob du nervös bist oder nicht.»

«Ich bin ein armer Mann, Euer Majestät», begann der Hutmacher mit zitternder Stimme, «und ich hatte mit meinem Tee noch nicht einmal richtig angefangen… jedenfalls nicht vor mehr als einer Woche… und die Butterbrote wurden immer dünner… und dann diese Mäusehochzeit… äh… Hochzeitsmaus…»

«*Hochzeitsschmaus?* Was für ein Hochzeitsschmaus?»

«Es fing alles mit dem Tee an», erwiderte der Hutmacher.

«Seit wann fängt ‹Hochzeitsschmaus› mit einem T an?» fragte der König scharf. «Willst du mich für dumm verkaufen? Los, weiter!»

«Ich bin ein armer Mann», fuhr der Hutmacher fort,

«und da waren die meisten Dinge wie ein Hochzeits-schmaus für mich – nur, der Märzhase hat ge-sagt...»

«Hab ich nicht!» unterbrach der Märzhase hastig.

«Hast du wohl!» sagte der Hutmacher.

«Ich streite das ab!» schrie der Märzhase.

«Er streitet das ab», sagte der König. «Also laß diesen Teil weg.»

«Nun gut, jedenfalls sagte die Schlafmaus...» Der Hutmacher sah sich ängstlich zur Schlafmaus um, ob die auch alles abstreiten würde, doch die Schlafmaus tat nichts dergleichen, sie schlief tief und fest.

«Darauf», fuhr der Hutmacher fort, «schnitt ich noch etwas Brot ab...»

«Aber was hat die Schlafmaus denn nun gesagt?» fragte einer der Geschworenen.

«Ich kann mich nicht erinnern», sagte der Hutmacher.

«Du *mußt* dich erinnern», bemerkte der König, «oder ich lasse dich hinrichten.»

Der unglückliche Hutmacher ließ Teetasse und Butterbrot fallen und warf sich auf die Knie. «Ich bin ein armer Mann, Euer Majestät», begann er.

«Du bist vor allem überaus arm im Kopf», sagte der König.

Eines der Meerschweinchen rief laut «Bravo!», worauf es sofort von den Gerichtsdienern unterbunden wurde. (Weil nicht jeder dieses Wort kennt, will ich euch schnell erklären, wie das gemacht wurde: Sie hatten einen großen Sack, der oben verschnürt werden konnte. Da steckten sie das Meerschweinchen hinein, mit dem Kopf voran, und dann setzten sie sich obendrauf.)

«Gut, daß ich das mal gesehen habe», dachte Alice. «Ich hab schon oft in der Zeitung gelesen, wenn es um eine Gerichtsverhandlung ging: ‹Zum Schluß klatschten einige Zuhörer Beifall, was jedoch sofort von den Gerichtsdienern unterbunden wurde›, und ich wußte bis jetzt nie, was das eigentlich bedeutet.»

«Wenn das alles ist, was du zur Sache sagen kannst, darfst du dich zurückziehen», sagte der König.

«Ich kann nicht weiter zurück. Ich steh schon mit dem Rücken an der Wand», sagte der Hutmacher.

«Dann zieh *ab*», sagte der König.

An dieser Stelle rief das andere Meerschweinchen «Bravo!» und wurde sofort unterbunden.

«Damit wären die Meerschweinchen erledigt», dachte Alice, «jetzt kommen wir schneller voran.»

«Ich würde lieber meinen Tee austrinken», sagte der Hutmacher mit einem ängstlichen Blick auf die Königin. Sie studierte gerade die Liste der Sänger.

«Du darfst dich entfernen», sagte der König, und der Hutmacher stürzte aus dem Saal, ohne sich auch nur die Schuhe anzuziehen.

«… und schlagt ihm draußen den Kopf ab», sagte die Königin zu einem der Gerichtsdiener, doch der Hutmacher hatte sich schon aus dem Staub gemacht, bevor der Gerichtsdiener die Tür erreichte.

«Ruf den nächsten Zeugen auf!» sagte der König.

Die nächste Zeugin war die Köchin der Herzogin. Sie hielt die Pfeffermühle in der Hand, und Alice hatte schon erraten, wer kam, bevor die Köchin den Gerichtssaal betrat, weil plötzlich sämtliche Zuhörer heftig niesten.

«Mach deine Aussage», sagte der König.

«Nicht geschenkt», sagte die Köchin.

Der König sah hilfesuchend das weiße Kaninchen an, das ihm zuflüsterte: «Euer Majestät müssen diese Zeugin ins Kreuzverhör nehmen.»

«Wenn ich muß, dann muß ich wohl», sagte der König melancholisch. Er verschränkte die Arme, runzelte die Stirn, bis seine Augen kaum noch zu sehen waren, und fragte schließlich mit volltönender Baßstimme: «Woraus werden Törtchen gemacht?»

«Aus Pfeffer, größtenteils», sagte die Köchin.

«Sirup», sagte eine schläfrige Stimme hinter ihr.

«Packt diese Schlafmaus am Schlafittchen!» kreischte die Königin. «Schlagt dieser Schlafmaus den Kopf ab! Werft diese Schlafmaus aus dem Gerichtssaal! Unterbindet sie! Zwickt sie! Reißt ihr alle Barthaare aus!»

Einige Minuten lang herrschte gewaltiger Aufruhr im Saal, während die Schlafmaus hinausgeworfen wurde, und als sich alles wieder beruhigt hatte, war die Köchin verschwunden.

«Macht nichts», sagte der König überaus erleichtert.

«Ruf den nächsten Zeugen auf!» Und leise fügte er zur

Königin gewandt hinzu: «Wirklich, meine Liebe, *du* solltest den nächsten Zeugen ins Kreuzverhör nehmen. Ich bekomme Kopfschmerzen davon!»

Alice beobachtete, wie das Kaninchen mit der Liste hantierte, und war sehr neugierig, wer wohl der nächste Zeuge sein würde. «Allzu viele Beweise haben sie bis jetzt nicht», sagte sie zu sich selbst. Ihr könnt euch vorstellen, wie überrascht sie war, als das weiße Kaninchen mit schriller Stimme und sehr laut den Namen «Alice!» verlas.

12

Alice macht ihre Aussage

H ier!» rief Alice und vergaß im Eifer des Gefechts
ganz, daß sie in den letzten Minuten um einiges
gewachsen war. Sie sprang so hastig auf, daß sie mit
dem Rockzipfel die Geschworenenbank umwarf und
sämtliche Geschworenen ins Publikum hinunterpur-
zelten, wo sie zappelnd liegenblieben. Der Anblick
erinnerte Alice daran, wie sie in der Woche zuvor ver-
sehentlich ein Goldfischglas umgekippt hatte.

«Oh, entschuldigen Sie bitte!» rief sie bestürzt und
fing an, die Tiere aufzuheben, so schnell sie konnte.
Das Unglück mit den Goldfischen war ihr so deutlich
im Gedächtnis, daß sie das Gefühl hatte, die Geschworenen würden elendiglich ersticken, wenn man sie
nicht sofort wieder auf ihre Bank setzte.

«Die Verhandlung kann nicht fortgesetzt werden»,
sagte der König in strengem Ton, «solange nicht alle
Geschworenen ordnungsgemäß auf ihren Plätzen sitzen – *alle*», wiederholte er mit Nachdruck und sah
Alice scharf an.

Alice schaute zur Geschworenenbank und bemerkte,
daß sie in der Hast die Eidechse mit dem Kopf nach
unten auf die Bank gesetzt hatte. Das arme Wesen
zuckte unglücklich mit dem Schwanz und konnte sich in
der engen Bank einfach nicht bewegen. Alice stand so-

fort auf und drehte die Eidechse um. «Nicht, daß das einen großen Unterschied macht», dachte sie. «Wahrscheinlich trägt er zu diesem Prozeß auf dem Kopf dasselbe bei wie richtig herum.»

Sobald die Geschworenen sich etwas vom Schock des Sturzes erholt hatten und ihre Tafeln und Griffel aufgesammelt und ihnen zurückgegeben worden waren, machten sie sich daran, den Hergang des Zwischenfalls gewissenhaft aufzuschreiben – alle außer der Eidechse, die offenbar so verbiestert war, daß sie nur noch dasitzen und mit offenem Maul die Decke des Gerichtssaals anstarren konnte.

«Was weißt du von dieser Geschichte?» wandte sich der König an Alice.

«Nichts», sagte Alice.

«Rein *gar nichts*?» beharrte der König.

«Rein gar nichts», sagte Alice.

«Das ist äußerst wichtig», sagte der König, zu den Geschworenen gewandt. Sie hatten gerade begonnen, dies auf ihre Tafeln zu schreiben, als das weiße Kaninchen unterbrach: «*Un*wichtig, meinen Euer Majestät natürlich», sagte es in ehrerbietigem Ton, wobei es allerdings die Stirn runzelte und heftig grimassierte.

«*Un*wichtig, meinte ich natürlich», beeilte sich der König zu sagen. Leise murmelte er vor sich hin: «Wichtig… unwichtig… unwichtig… wichtig», als probiere er aus, was sich am besten anhörte.

Ein paar Geschworene schrieben «wichtig» auf ihre Tafeln und einige «unwichtig». Alice konnte das genau sehen, denn sie stand nahe genug, um auf ihre Tafeln zu schauen, «aber es ist ohnehin ganz egal», dachte sie bei sich.

In diesem Augenblick rief der König, der eine Weile emsig in sein Notizbuch geschrieben hatte: «Ruhe!» und las aus seinem Buch vor: «Regel zweiundvierzig. *Alle Personen, die größer als einen Kilometer sind, müssen den Saal verlassen.*»

Alle blickten auf Alice.

«*Ich* bin keinen Kilometer groß», sagte Alice.

«O doch», sagte der König.

«Fast zwei Kilometer», fügte die Königin hinzu.

«Wie auch immer, ich werde nicht hinausgehen», sagte Alice. «Außerdem ist das gar keine richtige Regel: Sie haben sie gerade erfunden.»

«Es ist die älteste Regel im ganzen Buch», sagte der König.

«Dann müßte es Regel Nummer eins sein», sagte Alice.

Der König erbleichte und klappte rasch sein Notizbuch zu. «Wie lautet euer Urteil?» fragte er die Geschworenen mit leiser, zitternder Stimme.

«Mit Verlaub, Euer Majestät, es gibt noch weitere Beweismittel», sagte das weiße Kaninchen und sprang eilig auf. «Dieses Schriftstück wurde soeben sichergestellt.»

«Was steht drin?» fragte die Königin.

«Ich habe es noch nicht geöffnet», sagte das weiße Kaninchen, «aber es sieht aus, als handele es sich um

einen Brief, den der Gefangene geschrieben hat, an...
jemanden.»

«Das wird es sein», sagte der König, «es sei denn, er ist
an niemanden geschrieben, was ein wenig ungewöhnlich wäre.»

«An wen ist der Brief adressiert?» fragte einer der Geschworenen.

«Er ist überhaupt nicht adressiert», sagte das weiße
Kaninchen, «jedenfalls steht *außen* gar nichts drauf.»
Es faltete den Zettel auseinander und fügte hinzu: «Es
ist gar kein Brief, es handelt sich vielmehr um ein Gedicht.»

«In der Handschrift des Gefangenen?» fragte ein anderer Geschworener.

«Nein», sagte das weiße Kaninchen, «das ist das
Merkwürdigste daran.» (Die Geschworenen machten
verblüffte Gesichter.)

«Wahrscheinlich hat er die Handschrift von jemand
anderem nachgemacht», sagte der König. (Die Mie-
nen der Geschworenen hellten sich auf.)

«Mit Verlaub, Euer Majestät», sagte der Bube, «ich
habe das nicht geschrieben, und Ihr könnt nicht bewei-
sen, daß ich es getan habe: Es trägt keine Unter-
schrift.»

«Wenn du es nicht unterschrieben hast», sagte der König, «macht das alles nur um so schlimmer. Du mußt
etwas im Schilde geführt haben, sonst hättest du mit
deinem Namen unterschrieben, wie ein ehrlicher
Mann.»

Darauf erhob sich allgemeiner Beifall. Es war das erstemal, daß der König an diesem Tage etwas Vernünftiges gesagt hatte.

«Das beweist, daß er schuldig ist», sagte die Königin, «also: Schlagt ihm den...»

«Das beweist überhaupt nichts!» sagte Alice. «Ihr wißt ja noch nicht einmal, was eigentlich drinsteht!»

«Lies vor!» sagte der König.

Das weiße Kaninchen setzte die Brille auf. «Halten zu Gnaden, Euer Majestät, wo soll ich anfangen?» fragte es.

«Fang am Anfang an», sagte der König würdevoll, «und lies weiter, bis du zum Ende kommst. Dann hör auf.»

Man hätte eine Stecknadel fallen hören können, so still war es im Saal, als das weiße Kaninchen die folgenden Verse vorlas:

> «Ich weiß nicht, was soll es bedeuten –
>   du sagtest es ihr und nicht ihm,
> doch er sagt jetzt vor allen Leuten,
>   daß ich Nichtschwimmer bin.
>
> Er meinte, ich sei nicht gegangen
>   (wohl spricht vieles dafür),
> doch wenn sie mich weiter belangen,
>   was wird dann am Ende aus dir?

Sie gab's mir, und ich gab ihm auch eins,
 du gabst uns sogar drei Stück,
zu Anfang war seines ja eh' meins,
 doch du gabst sie alle zurück.

Wenn er oder sie dir erklären,
 ich müsse alles verstehn,
so sollst du ihm Freiheit gewähren,
 als wäre nichts geschehn.

Was mich zuerst so bedrückte
  (bevor sie in Ohnmacht fiel),
war, daß er es zwischen uns rückte,
  und seither fehlt uns ein Ziel.

Er darf es niemals erfahren,
  daß sie so tat nur zum Schein,
laß uns das Geheimnis bewahren,
  auf ewig gehört es uns zwein.»

«Das ist bis jetzt das wichtigste Beweismittel», sagte der König und rieb sich die Hände; «also sollten die Geschworenen nun ihr Urteil…»

«Wenn auch nur irgendeiner von ihnen mir diese Verse erklären kann», sagte Alice (die in den letzten Minuten so gewachsen war, daß sie kein bißchen Angst hatte, dem König ins Wort zu fallen), «spendiere ich einen Preis! *Ich* glaube nicht, daß sie auch nur ein Körnchen Sinn haben.»

Die Geschworenen schrieben auf ihre Tafeln: «*Sie* glaubt nicht, daß sie auch nur ein Körnchen Sinn haben», aber keiner von ihnen machte einen Versuch, das Schriftstück zu erklären.

«Wenn es keinen Sinn hat», sagte der König, «erspart uns das einen Haufen Arbeit, weil wir dann gar nicht erst nach einem Sinn suchen müssen. Trotzdem, ich weiß nicht so recht…» fuhr er fort, während er das Schriftstück auf seinem Knie glattstrich und mit einem Auge darauf schielte, «irgendwie habe ich doch das

Gefühl, daß da ein gewisser Sinn drinsteckt. ‹...*daß ich Nichtschwimmer bin...*› – du kannst doch nicht schwimmen, oder?» wandte er sich an den Herzbuben.

Der Herzbube schüttelte traurig den Kopf. «Seh ich so aus?» fragte er. (Was er wirklich nicht tat, denn er war von Kopf bis Fuß von Pappe.)

«So weit, so gut», sagte der König und fuhr fort, die Verse vor sich hin zu murmeln: «‹*Wohl spricht vieles dafür*› – damit ist natürlich die Beweislage gemeint, wie sie von den Geschworenen eingeschätzt wird – ‹*wenn sie mich weiter belangen*› – damit müssen die Königin und ich gemeint sein – ‹*was wird dann am Ende aus dir?*› – gute Frage – ‹*Sie gab's mir, und ich gab ihm auch eins*› – das ist die Hehlerei mit den Törtchen, ganz klar!»

«Aber dann heißt es: ‹*doch du gabst sie alle zurück*›», sagte Alice.

«Aber ja, da sind sie doch!» sagte der König triumphierend und zeigte auf die Platte mit den Törtchen, die auf dem Tisch stand. «Nichts könnte eindeutiger sein. Aber dann... ‹*bevor sie in Ohnmacht fiel*› – du bist doch noch nie in Ohnmacht gefallen, oder, Liebste?» sagte er zur Königin.

«Niemals!» sagte die Königin zornbebend und warf ein Tintenfaß nach der Eidechse. (Der unglückliche kleine Bill hatte aufgehört, mit dem Finger auf die Tafel zu schreiben, weil er herausgefunden hatte, daß dann keine Buchstaben zu sehen waren; aber jetzt begann er rasch wieder zu schreiben und benutzte die Tinte, die ihm vom Gesicht herunterrann, solange sie reichte.)

«Dann *gefallen* dir diese Worte nicht», sagte der König und sah sich lächelnd im Saal um. Es herrschte Totenstille.

«Das ist ein *Wortspiel*!» sagte der König ärgerlich, und alle lachten. «Dann mögen die Geschworenen ihr Urteil verkünden», sagte der König, ungefähr zum zwanzigstenmal an diesem Tag.

«Nein, nein», sagte die Königin. «Erst die Strafe, dann das Urteil.»

«So ein Blödsinn!» sagte Alice laut. «Die Strafe zuerst – das ist doch lächerlich!»

«Halt den Mund!» schrie die Königin und lief puterrot an.

«Das werde ich nicht tun!» sagte Alice.

«Schlagt ihr den Kopf ab!» brüllte die Königin mit schriller Stimme. Niemand rührte sich.

«Wen kümmert schon eure Meinung?» sagte Alice (die inzwischen wieder zu ihrer vollen Größe herangewachsen war). «Ihr seid doch bloß ein Kartenspiel!»

Im selben Augenblick wirbelte das ganze Kartenspiel hoch in die Luft und stürzte sich auf sie. Alice schrie auf, halb vor Schreck und halb vor Wut, versuchte, den Ansturm mit den Händen abzuwehren, und fand sich am Bachufer wieder, den Kopf im Schoß ihrer Schwester. Sie strich gerade ein paar welke Blätter aus Alices Haar, die vom Baum herabgefallen waren.

«Wach auf, Alice!» sagte ihre Schwester. «Du hast ganz schön lange geschlafen!»

«Und ich habe einen ziemlich komischen Traum gehabt!» sagte Alice. Und sie erzählte ihrer Schwester all die merkwürdigen Abenteuer, so gut sie sich daran erinnern konnte. Als sie damit fertig war, gab die Schwester ihr einen Kuß und sagte: «Das war wirklich ein merkwürdiger Traum, aber jetzt schnell nach Haus zum Tee, es ist schon spät.» Und Alice stand auf und lief nach Haus und dachte dabei die ganze Zeit, was für einen schönen Traum sie gehabt hatte.

Alices Schwester blieb still am Ufer sitzen, stützte den Kopf in die Hand und sah auf die untergehende Sonne. Sie dachte an Alice und ihre Abenteuer, bis sie selbst auch ein wenig zu träumen begann:

Zuerst träumte sie von Alice. Die kleinen Hände der Schwester lagen wieder auf ihren Knien, und ihre blitzenden Augen schauten sie an – sie konnte den Klang ihrer Stimme hören und sah vor sich, wie Alice die widerborstige Haarsträhne, die ihr immer wieder ins Gesicht fiel, mit einer Kopfbewegung wegschüttelte. Während sie Alices Stimme zu vernehmen glaubte, tummelten sich am Bachufer plötzlich die eigenartigen Geschöpfe aus dem Traum ihrer kleinen Schwester.

Das hohe Gras raschelte zu ihren Füßen, als das weiße Kaninchen vorbeihuschte; die verängstigte Maus platschte durch den nahe liegenden Teich; sie hörte die Teetassen klirren, während der Märzhase und seine

Freunde ihren ewigen Nachmittagstee einnahmen, und die schrille Stimme der Königin, die die Hinrichtung ihrer unglücklichen Gäste befahl. Noch einmal nieste das Ferkelbaby auf dem Schoß der Herzogin, unter dem Geschepper fliegender Teller und Schüsseln; noch einmal erfüllten der Ruf des Greifen, das Quietschen vom Griffel der Eidechse, das Japsen der unterbundenen Meerschweinchen die Luft und vermischten sich mit dem Schluchzen der unglücklichen Suppenschildkröte.

Und so blieb sie sitzen, mit geschlossenen Augen, und glaubte sich halb im Wunderland. Doch sie wußte genau, irgendwann mußte sie die Augen wieder öffnen und in die langweilige Wirklichkeit zurückkehren: das Gras raschelte dann im Wind, das Schilf schlug Wellen im Teich; die klirrenden Teetassen verwandelten sich in bimmelnde Schafsglocken, das Kreischen der Königin in die Stimme des Hirtenjungen. Das Niesen des Babys, der Schrei des Greifen und all die anderen merkwürdigen Töne würden sich wieder in die Vielfalt der Geräusche aus dem geschäftigen Bauernhof verwandeln, und statt der schluchzenden Suppenschildkröte würde sie nur das Muhen der Kühe in der Ferne hören.

Und schließlich stellte sie sich vor, wie ihre kleine Schwester selbst eines Tages erwachsen wäre und doch das einfache, liebevolle Herz ihrer Kindheit behalten hätte. Dann würde sie selbst kleine Kinder um sich haben, die mit leuchtenden Augen manch einer merkwürdigen Geschichte zuhörten, vielleicht sogar dem lang zurückliegenden Traum vom Wunderland. Alice würde Kümmernisse und Freuden mit ihnen teilen, während sie sich an ihre eigene Kindheit erinnerte und an glückliche Sommertage.

Nachwort

Lewis Carrolls «Alice im Wunderland» (1865) ist eine der großen Pioniertaten der Nonsens-Phantastik. Sie erfreut sich unverwüstlicher Beliebtheit vielleicht bei vielen Kindern, gewiß bei noch mehr Eltern dieser Kinder, die verliebt sind in den Gedanken, daß ihre Kinder die «Alice» lieben, und nachweislich bei vielen Schriftstellern, insbesondere den Surrealisten (Aragon und Breton), die gleichsam programmatisch eine Verkindlichung der Menschen wünschten: «All jene, die sich den Sinn für Auflehnung bewahren, werden in Lewis Carroll ihren ersten Lehrer im Schuleschwänzen sehen», schrieb Breton (es war die Zeit, als das Wünschen noch geholfen hat). Allen zusammen aber dürfte die «Alice» auch darum immer so lieb gewesen sein, weil sie, als approbierter klassischer Nonsens, davon dispensierte, mühsam einen Sinn in ihr zu suchen.

Doch mit dem Nonsens verhält es sich so: Je reiner und haltloser er ist, je befreiter die Phantasie, desto beliebiger und öder wirkt er auch; die freie Assoziation ist allenfalls noch von klinischem Interesse. Nur jene Phantastik kann auf größeres Einverständnis hoffen, die eine untergründige Liaison zur Rationalität und zum Rationalitätsprinzip unterhält. Die verkehrte Welt, in die das Mädchen Alice gerät, in die es – durch die bewährte Tunnelröhre – ein zweites Mal hineingeboren wird, ist nicht einfach nur irgendwie verkehrt. Sie ist ein verzerrtes Spiegelbild von Alices viktorianischem Alltag. Und es läßt sich, meine ich, auch genauer angeben, was es ist, das das Bild für Alice verzerrt: Es sind die erschrockenen Befürchtungen einer etwa Zwölfjährigen vor dem Älterwerden, die aufkommenden Bedenken gegen die Absonderlichkeiten der Erwachsenenwelt.

Nicht umsonst besteht das erste Wunder, das Alice nach ihrem Sturz durch den Brunnen zustößt, darin, daß sie unvermutet abwechselnd größer und kleiner wird. Bald ist sie winzig, bald riesig: Sie verliert das Bewußtsein ihrer richtigen Größe, eine Art Größenschwindel tritt an seine Stelle, und der zwingt sie, immerfort ein verstörtes Augenmerk auf ihre Größe zu haben. Vor ihrem Sturz war ihr Schatz von Kinderversen harmlos und unschuldig; jetzt, im Wunderland, kommen sie ihr alle verkehrt aus dem Mund, und bei der Verkehrung haben sie viel von ihrer früheren Unschuld eingebüßt – plötzlich handeln sie vorwiegend vom Fressen und Gefressenwerden.

Was Alice dann aber am meisten verwundert und auch plagt, sind die Sprüche, die all jene so besonders kränkbaren oder besonders unkränkbaren Phantasietiere und Phantasiemenschen im Munde führen, die sie im Wunderland antrifft. Entweder sind sie von einer irritierenden wörtlichen Logik, oder sie sind von einer irritierenden sprunghaften Unlogik – in jedem

Fall gibt es ihre normale Verständigungsebene nicht mehr. Es klingt alles bedrohlich, was diese verkappten Erwachsenen ihr und sich mitzuteilen haben; kein Satz will mehr die vertrauten Wendungen nehmen. Alice hat sich unversehens in einer Welt zu bewähren, deren Spielregeln sie noch nicht kann und die ihr vorerst auch schlechterdings absurd erscheinen. Sie hat gelernt, daß Etikette schrecklich wichtig ist; zunächst scheint ihr diese aber vor allem schrecklich unverständlich. Wohl ist dieses Wunderland noch voller Reflexe ihrer viktorianischen großbürgerlichen Kinderwelt: ungeliebte Grammatikstunden, Teegesellschaften, Krocketspiele, fröhliche Katzen, lange Sommernachmittage auf sonnigem Rasen, aber es ist durchschossen von mehr als einer Ahnung des Erwachsenenlebens, in dem, hört man, gerichtet und geköpft wird.

Christian Enzensberger, der «Alice» 1963 ins Deutsche übersetzt hat, beschrieb ihr *predicament* genau: «Carrolls Bücher handeln von der Gesellschaft… In den Ländern, die Alice durchwandert, stirbt man die Tode der Verlegenheit und des Verstummenmüssens; man wird nicht ermordet, sondern mundtot gemacht; und nicht die Gurgel wird einem abgeschnitten, wohl aber die Antwort. Unversehens ist Alice in einen Irrgarten, in ein Vexierspiegelkabinett des schicklichen Verhaltens geraten.»

Das Wunderland macht ihr angst; trotzdem ist ihre Reise kein Horrortrip. Jene neue Welt lockt sie auch; und sie begegnet ihr mit wachsendem Selbstvertrauen, wachsender Vernünftigkeit. Als sie am Ende erwacht, ist ihre Angst vollends besiegt. So wenig, wie ihr jene Gerichtsverhandlung noch imponierte, in der die Vernunft so kurzgehalten wurde, daß die Gerechtigkeit nicht die geringste Chance hatte, so wenig, meint man, wird ihr nun die Erwachsenenwelt noch imponieren. Sie kann nun selber erwachsen werden: Sie hat erfahren, daß sie in dem Konzert der Unsinnigkeiten sich selber vertrauen muß und nur sich selber vertrauen kann.

So ist denn «Alice im Wunderland» ein durch und durch optimistisches Buch, und was es für mich besonders anrührend macht, ist die Vermutung, daß seinem Verfasser gar nicht so optimistisch zumute war. Dem Oxforder Mathematikdozenten und Pfarrerssohn Charles Lutwidge Dodgson alias Lewis Carroll, der diese Geschichte für die Tochter seines Dean, für Alice Liddell erfand, blieb schließlich gar nichts anderes übrig, als Alice optimistisch Mut zu machen. Denn in jedem Wort ist seine Geschichte eine Werbeschrift: Er wirbt um die Zuneigung eines heranwachsenden Mädchens, das zu lieben ihm verboten ist. Seine umwegreichen Avancen treffen auf die Unbarmherzigkeit eines Kindes, das in seine – wie er meint, glückliche – Welt eingesponnen ist. Mit seiner Geschichte versuchte er schmeichlerisch in sie einzubrechen. Wohl nie hat eine hoffnungslose Liebe zu aller Strafe sich unbeschwerter und munterer gegeben.

Dieter E. Zimmer

Lewis Carroll, geboren am 27. Januar 1832 in Daresbury, hieß eigentlich Charles Lutwidge Dodgson. Er war Dozent für Mathematik und Logik im berühmten Christ Church College von Oxford.

Er blieb zeitlebens Junggeselle, war eher menschenscheu und eigenbrötlerisch. Nur in Gesellschaft von Kindern fühlte er sich ungezwungen wohl, gab Dinner-Parties mit Tischordnung, zu denen Erwachsene nicht geladen wurden. Er schrieb leidenschaftlich gern Briefe, besonders an kleine Mädchen.

Für Alice Pleasance Liddell entstand «Alice's Adventures in Wonderland». Die kleine Alice bekam dieses Märchen 1864 als Weihnachtsgeschenk. Ein Jahr später erschien es als Buch und wurde zu einem Klassiker nicht nur der Kinder-, sondern der Weltliteratur.

Oscar Wilde und Königin Viktoria lasen die Abenteuer der Alice mit demselben Vergnügen wie Kinder und Erwachsene heute.

Lewis Carroll wurde noch zu Lebzeiten berühmt und starb am 14. Januar 1898 in Guildford.

Foto: Ullstein Bilderdienst

Klaus Ensikat, geboren 1937 in Berlin, studierte dort an der Fachschule für Angewandte Kunst, arbeitete als Gebrauchsgrafiker und lebt seit 1965 als freischaffender Künstler in dieser Stadt. Zahlreiche Ausstellungen im In- und Ausland. Viele der von ihm illustrierten Bücher wurden ausgezeichnet, international wurde er mit hohen Preisen geehrt (u. a. Großer Preis der Biennale der Illustration in Bratislava). Mehr als ein Dutzend Kinderbücher, die Ensikat illustriert hat, wurden als «Schönste Bücher des Jahres» prämiert. 1991 bekam er zum zweitenmal den «Goldenen Apfel» der Biennale Bratislava.

Für rotfuchs illustrierte er «Die Schuhe der Señores» (Band 634), «Die Hunde von Capurna» (Band 636), «Momme» (Band 688) und das rotfuchs Reimebilderbuch «Füchse, Fez und Firlefanz» (Band 662).

Mit filigranschöner Feder stattet er die rotfuchs Klassikerreihe aus:

Lewis Carroll: «Alice im Wunderland» (Band 733)
Charles Dickens: «Oliver Twist» (Band 737 und 738)

Deutscher
Jugendliteraturpreis 1995
für das Gesamtwerk des
Künstlers

Klaus Ensikat hat mit mehr als hundert illustrierten Büchern nicht nur ein imponierend umfangreiches Œuvre als Buchkünstler geschaffen, er bleibt vor allem immer dem eigenen – ästhetisch hohen – Anspruch treu. – Vom Initial bis zum Bild, von der Kalligraphie bis zur Vignette, vom gestalteten Vorsatzpapier bis zum Schlußornament entwirft Ensikat Gesamtkompositionen, die Illustration nicht als bloßes Dekor begreifen, sondern als kongeniale Gestaltung zum Text. Nicht Abklatsch, sondern Interpretation, die dem Betrachter noch genügend Spiel- und Denkraum läßt. – Ensikat gelingt es mit filigranzarter Feder, beides zu zaubern – Realität *und* Phantastik. Nicht Blow-up, bengalische Tricks, teure Technikmätzchen, pompöse Materialschau werden zelebriert, sondern Denkprovokationen kommen aufs Blatt. Sein genial einfaches Mittel: Linie pur, virtuose Handwerklichkeit. – ob zärtlich, grotesk, surreal, komisch, sachlich streng oder absurd: immer haben Ensikats Bilder Perfektion. – Ensikat hat sich nicht auf Kinderliteratur und Bilderbuch beschränken lassen. Wie bei seinen Künstlerkollegen Ungerer und Steadman haben Karikatur, Plakate, Satire, Blätter für Magazine und Zeitschriften einen wichtigen Platz im Gesamtwerk. Damit ist besonders nachdrücklich die übliche fatale Trennung in Kinder- und Erwachsenenkünste widerlegt. *Ute Blaich*